新潮文庫

桜の園・三人姉妹

チェーホフ
神西　清訳

新潮社版

1774

目次

桜の園……七
三人姉妹……一三七
解説　池田健太郎

桜の園・三人姉妹

桜の園

――喜劇　四幕――

人　物

ラネーフスカヤ（リュボーフィ・アンドレーエヴナ）〔愛称リューバ〕　女地主
アーニャ　その娘、十七歳
ワーリャ　その養女、二十四歳
ガーエフ（レオニード・アンドレーエヴィチ）〔愛称リョーニャ〕　ラネーフスカヤの兄
ロパーヒン（エルモライ・アレクセーエヴィチ）　商人
トロフィーモフ（ピョートル・セルゲーエヴィチ）〔愛称ペーチャ〕　大学生
ピーシチク（ボリース・ボリーソヴィチ・シメオーノフ）　地主
シャルロッタ（イワーノヴナ）　家庭教師
エピホードフ（セミョーン・パンテレーエヴィチ）　執事
ドゥニャーシャ　小間使
フィールス　老僕《ろうぼく》、八十七歳
ヤーシャ　若い従僕
浮浪人
駅　長
郵便局の官吏
ほかに客たち、召使たち

ラネーフスカヤ夫人の領地でのこと

第一幕

いまだに子供部屋と呼ばれている部屋。ドアの一つはアーニャの部屋へ通じる。夜明け、ほどなく日の昇る時刻。もう五月で、桜の花が咲いているが、庭は寒い。明けがたの冷気である。部屋の窓はみなしまっている。

ドゥニャーシャが蠟燭《ろうそく》をもち、ロパーヒンが本を手に登場。

ロパーヒン　やっと汽車が着いた、やれやれ。何時だね？

ドゥニャーシャ　まもなく二時。（蠟燭を吹き消す）もう明るいですわ。

ロパーヒン　いったいどのくらい遅れたんだね、汽車は？　まあ二時間はまちがいあるまい。（あくび、のび）おれもいいところがあるよ、とんだドジを踏んじまった！　停車場まで出迎えるつもりで、わざわざここへ来ていながら、とたんに寝すごしちまうなんて……。椅子《いす》にかけたなりぐっすりさ。いまいましい。……せめてお前さんでも起してくれりゃいいのに。

ドゥニャーシャ　お出かけになったとばかり思ってました。（耳をすます）おや、もういらしたらしい。

ロパーヒン　（耳をすます）ちがう。……手荷物を受けとったり、何やかやあるからな。……（間）ラネーフスカヤの奥さんは、外国で五年も暮してこられたんだから、さぞ変られたことだろうなあ。……まったくいい方《かた》だよ。きさくで、さばさばしててね。忘れもしないが、おれがまだ十五ぐらいのガキだった頃《ころ》、おれの死んだ親父《おやじ》が——親父はその頃、この村に小さな店を出していたんだが——おれの面《つら》をげんこで殴りつけて、鼻血を出したことがある。……その時ちょうど、どうしたわけだか二人でこの屋敷へやって来てね、おまけに親父は一杯きげんだったのさ。すると奥さんは、つい昨日のことのように覚えているが、まだ若くって、こう細っそりした人だったがね、そのおれを手洗いのところへ連れて行ってくれた。それが、ちょうどこの部屋——この子供部屋だったのさ。「泣くんじゃないよ、ちっちゃなお百姓さん」と言ってね、「婚礼までには直りますよ（訳注　怪我をした人に言う慰めの慣用句）。……」（間）ちっちゃなお百姓か。……いかにもおれの親父はどん百姓だったが、おれはというと、この通り白いチョッキを着て、茶色い短靴《たんぐつ》なんかはいている。雑魚《ざこ》のととまじりさ。

……そりゃ金はある、金ならどっさりあるが、胸に手をあてて考えてみりゃ、やっぱりどん百姓にちがいはないさ。……（本をぱらぱらめくって）さっきもこの本を読んでいたんだが、さっぱりわからん。読んでるうちに寝ちまった。（間）

ドゥニャーシャ　犬はみんな、夜っぴて寝ませんでしたわ。嗅《か》ぎつけたんですわね、ご主人たちのお帰りを。

ロパーヒン　おや、ドゥニャーシャ、どうしてそんなに……

ドゥニャーシャ　手がぶるぶるしますの。あたし気が遠くなって、倒れそうだわ。

ロパーヒン　どうもお前さんは柔弱でいかんな、ドゥニャーシャ。みなりもお嬢さんみたいだし、髪の格好《かっこう》だってそうだ。駄目《だめ》だよ、それじゃ。身のほどを知らなくちゃ。

エピホードフが花束をもって登場。背広を着こみ、ひどくギュウギュウ鳴る、ピカピカに磨《みが》きあげた長靴をはいている。はいってきながら花束を落す。

エピホードフ　（花束をひろう）これを庭男がとどけてよこしました。食堂に挿《さ》すようにってね。（ドゥニャーシャに花束をわたす）

ロパーヒン　ついでにクワスをおれに持ってきとくれ。

ドゥニャーシャ　かしこまりました。(退場)

エピホードフ　今ちょうど明け方の冷えで、零下三度の寒さですが、桜の花は満開ですよ。どうも感服しませんなあ、わが国の気候は。(ため息) どうもねえ。わが国の気候は、汐《しお》どきにぴたりとは行きませんです。ところでロパーヒンさん、事のついでに一言申し添えますが、じつは一昨日《いっさくじつ》、長靴を新調したところが、いや正真正銘のはなし、そいつがやけにギュウギュウ鳴りましてな、どうもこうもなりません。何を塗ったもんでしょうかな?

ロパーヒン　やめてくれ。もうたくさんだ。

エピホードフ　毎日なにかしら、わたしには不仕合せが起るんです。しかし愚痴は言いません。馴《な》れっこになって、むしろ微笑を浮べているくらいですよ。

ドゥニャーシャ登場、ロパーヒンにクワスを差出す。

エピホードフ　どれ行くとするか。(椅子にぶつかって倒す) また、これだ。……(得意げな調子で) ね、いかがです、口幅ったいことを言うようですが、なんたる回《めぐ》り合せでしょう、とにかくね。……こうなるともう、天晴《あっぱれ》と言いたいくらいですよ!

(退場)

ドゥニャーシャ　じつはね、ロパーヒンさん、あのエピホードフがあたしに、結婚を申しこみましたの。
ロパーヒン　ほほう！
ドゥニャーシャ　どうしたらいいのか、困ってしまいますわ。……おとなしい人だけれど、ただ時どき、何か話をしだすと、てんでわけがわからない。聞いていれば面《おも》白《しろ》いし、情《じょう》もこもっているんだけれど、ただどうも、わけがわからなくってねえ。あたし、あの人がまんざら厭《いや》じゃありませんし、あの人ときたら、あたしに夢中なんですの。不仕合せな人で、毎日なにかしら起るんです。ここじゃあの人のこと、「二十二の不仕合せ」って、からかうんですよ。……
ロパーヒン　（きき耳を立てて）さあ、こんどこそお着きらしいぞ……
ドゥニャーシャ　お着き！　どうしたんでしょう、あたし……からだじゅう、つめたくなったわ。
ロパーヒン　ほんとにお着きだ。出迎えに行こう。おれの顔がおわかりかなあ？　なにせ五年ぶりだから。
ドゥニャーシャ　（わくわくして）あたし倒れそうだわ。……ああ、倒れそうだ！

二台の馬車が表口へ乗りつける音。ロパーヒンとドゥニャーシャは急いで出て行く。舞台空虚。つづく部屋部屋で、ざわめきがはじまる。ラネーフスカヤ夫人を停車場まで迎えに行った老僕《ろうぼく》フィールスが、杖《つえ》にすがりながら、あたふたと舞台をよこぎる。古めかしいお仕着せに、丈の高い帽子をかぶり、何やら独りごとを言っているが、一言も聞きとれない。舞台うらのざわめきは、ますます高まる。「さあ、こっちから行きましょうよ……」という声。ラネーフスカヤ夫人、アーニャ、鎖につないだ小犬を連れたシャルロッタ、以上みな旅行服で、――それから外套《がいとう》にプラトークすがたのワーリャ、ガーエフ、ピーシチク、ロパーヒン、包みとパラソルを持ったドゥニャーシャ、いろんな荷物をかかえた召使たち――みなみな部屋に通りかかる。

アーニャ　ここを通って行きましょうよ。ねえママ、この部屋なんだか覚えてらっしゃる？

ラネーフスカヤ　（嬉《うれ》しそうに、なみだ声で）子供部屋！

ワーリャ　なんて寒いんだろう、手がかじかんでしまったわ。（ラネーフスカヤに）あなたのお部屋は、白いほうもスミレ色のほうも、ちゃんと元のままですわ、お母さま。

ラネーフスカヤ　子供部屋、なつかしい、きれいなお部屋……。わたし子供のころ、ここで寝たのよ。……（泣く）今でもわたし、まるで子供みたいだわ。……（兄とワーリャに、それからまた兄にキスする）ワーリャはちっとも変らないのね、相変らず尼さんみたいね。ドゥニャーシャも、わかりましたよ。……（ドゥニャーシャにキスする）
ガーエフ　汽車は二時間もおくれた。え、どうだい？　なんてざまだろう？
シャルロッタ　（ピーシチクに）わたしの犬は、クルミも食べるのよ。
ピーシチク　（呆《あき》れ顔で）へえ、こりゃ驚いた！
　アーニャとドゥニャーシャのほか、一同退場。
ドゥニャーシャ　やっとお帰りになった、……（アーニャの外套と帽子をぬがせる）
アーニャ　わたし途中四晩も眠れなかったの……今じゃもう、こごえあがっちまったわ。
ドゥニャーシャ　あなたがたがお発《た》ちになったのは、大斎《たいさい》のころ（訳注　復活祭に先だつ七週間の精進期間で、年によって違うが、およそ二月初めから三月初旬までの間になる）で、まだ雪がふって、ひどい凍《い》てつきようでしたが、今はまあどうでしょう？　可愛《かわい》いお嬢さま！（笑って、アーニャにキスする）待ち遠しかったですわ、大好きな、可愛いお嬢さま。……早速ですけど、あたしお話がありますの。一分間だって待てませんの……
アーニャ　（だるそうに）また、なんの話……
ドゥニャーシャ　執事のエピホードフが、復活祭のあとで、あたしに結婚を申込みましたのよ。
アーニャ　いつも、おんなし事ばかり……（髪を直しながら）わたし、ピンをみんな落してしまったわ。……（疲れきって、よろよろしている）
ドゥニャーシャ　どう考えたらいいか、困ってしまいますわ。あの人、あたしを愛してますの、とても愛してますの！
アーニャ　（自分の居間のドアをのぞきこみ、なつかしそうに）わたしの部屋、わたしの窓、まるで旅行なんかしなかったみたい。わたし、うちにいるのね！　あした朝おきたら、すぐ庭へ出てみよう。……ほんとに、ちょっとでも寝られたらよかったのにねえ！　道中ずっと眠らずじまい、なんだかとても気にかかって。
ドゥニャーシャ　一昨日《いっさくじつ》、トロフィーモフさんがいらっしゃいました。
アーニャ　（嬉しそうに）ペーチャが！
ドゥニャーシャ　お風呂場《ふろば》で寝てらっしゃいますよ、あすこに陣どってしまってね。お邪魔になっちゃ悪いからな、ですって。（懐中時計を出して見て）あのかた、お起しするといいんですけど、ワルワーラさま（訳注 ワーリャの正式の名）がいけないと仰《おっ》しゃるものですから。お前、あの人を起すんじゃないよ、って。

ワーリャ登場、バンドに鍵束《かぎたば》をさげている。

ワーリャ　ドゥニャーシャ、コーヒーを早く……。お母さんがコーヒーをご所望だからね。

ドゥニャーシャ　はい、ただ今。（退場）

ワーリャ　よかったわ、みんな無事でお着きで。あんたも、やっとまたお家《うち》ね。（優しくいたわりながら）わたしのいい子が帰ってきた！　べっぴんさんが帰ってきた！

アーニャ　ずいぶん辛《つら》かったわ、わたし。

ワーリャ　察しるわ！

アーニャ　わたしがここを発ったのは、御受難週間（訳注 大斎期の第五週）で、まだ寒いころだったわ。シャルロッタったら途中のべつしゃべりどおしで、手品までして見せるの。なんだってあんた、シャルロッタなんか付けてくれたの……

ワーリャ　だって、あんたひとりで旅へ出すわけにも行かないじゃないの、アーニャ。十七やそこらで！

アーニャ　パリに着いたら、あすこも寒くって、雪だったわ。わたしのフランス語ときたら、凄《すご》いものでしょう。ママは五階に部屋をとっていてね、わたしがあがって行くと、誰《だれ》だかフランス人の男だの、女だの、ちっちゃな本をもった年寄りのカトリックの坊さんだのが、つめかけていて、部屋じゅうタバコの煙でいっぱい、そりゃ厭なの。わたし急にママが可哀《かわい》そうになって、あんまり可哀そうだもんだから、ママの頭を抱いて、ぎゅっと両手でしめつけたなり、放せないの。ママはそれからいつも甘ったれて、泣いてばかりいたわ……

ワーリャ　（涙ごえで）もういいわ、もう言わないで……

アーニャ　マントン（訳注　南フランス、ニースに近い保養地）の近くのご自分の別荘も売ってしまったし、ママにはもう、なんにも残っていないの、なんにも。わたしだって一コペイカもなくなってしまって、やっとこさで帰ってきたのよ。だのにママったら、ちっともわからないの。駅の食堂へはいると一ばん高い料理を注文するし、ボーイのチップは一ルーブリずつなのよ。シャルロッタも同じなの、おまけにヤーシャまでが、ちゃんと一人前とるの、見ちゃいられないわ。ヤーシャって、ほら、ママのボーイよ。それも一緒に連れてきたの……

ワーリャ　見たわ、いやなやつ。

アーニャ　で、どうなの、その後？　利子は払えた？
ワーリャ　それどころじゃないわ。
アーニャ　困るわね、どうしましょう。……
ワーリャ　八月には、この領地が競売になるわ……
アーニャ　ああ、どうしよう。
ロパーヒン　（ドアから覗《のぞ》いて、牛のなき真似《まね》をする）モオ・オ・オ……（去る）
ワーリャ　（涙ごえで）ええ、こうしてやりたい……（拳固《げんこ》でおどす）
アーニャ　（ワーリャを抱いて、小声で）ワーリャ、あの人あんたに申込みをして？　（ワーリャ、否《いや》というしるしに首を振る）だってあの人、あなたを愛してるのよ。……おたがい打明けたらどうなの、何を二人とも待ってるの？
ワーリャ　わたし思うのよ、これは結局どうにもならない話だって。あの人は仕事が多いから、わたしどころじゃない……見向きもしないのよ。いっそどこかへ行ってしまってくれるといいんだけど。あの人の顔、見るのがつらいわ。みんな、わたしたちの結婚のうわさをして、お祝いまで言ってくれるけれど、ほんとうは何もありゃしない。夢みたいなものなのよ。……（調子をかえて）あんたのブローチ、蜜蜂《みつばち》に似ているわ。

アーニャ　(悲しそうに)　これ、ママが買ってくれたの。(自分の部屋へはいって、快活な子供っぽい調子で)　あたしパリでね、軽気球に乗ったわ!

ワーリャ　わたしのいい子が帰ってきた!　べっぴんさんが帰ってきた!

　ドゥニャーシャは、コーヒー沸かしをもってすでに戻《もど》ってきており、コーヒーを煮ている。

ワーリャ　(ドアのそばに立って)　わたしね、アーニャ、こうして一日じゅう家《うち》のことであくせくしながらいつも空想しているの。あんたをお金持の人のところへお嫁にやれたら、わたしも安心がいって淋《さび》しい僧院にこもれるわ。それからキーエフへ……モスクワへと、ずっと聖地めぐりをして暮すの。……聖地から聖地へめぐって行くの。きっと、すばらしいわ!　……

アーニャ　お庭で鳥がないている。今なん時?

ワーリャ　とっくに二時は回ったはずよ、もう寝たらいいわ、アーニャ。(アーニャの部屋へはいりながら)　きっとすばらしいわ!

　ヤーシャが、膝掛《ひざか》けと旅行用の信玄袋を持って登場。

ヤーシャ　(舞台を横ぎりながら、いんぎんに)　こちらを通っても宜《よろ》しいでしょうか?

ドゥニャーシャ　まあ、見ちがえるようだわ、ヤーシャ。あんた、外国ですっかり立派になって。
ヤーシャ　ふむ。……どなたでしたっけ？
ドゥニャーシャ　あんたがここを発った時は、あたしまだこんなだったわ……（床からの高さを手で示す）ドゥニャーシャよ、フョードル・コゾエードフの娘よ。覚えていないのね！
ヤーシャ　ふむ。……可愛いキュウリさん！（あたりを見回し、彼女を抱く。彼女はキャッと叫んで受け皿《ざら》を落とす。ヤーシャすばやく退場）
ワーリャ　（ドアの敷居で、不興げな声で）また何かしたの？
ドゥニャーシャ　（涙ごえで）お皿を割りました。……
ワーリャ　そりゃいい前兆ね。
アーニャ　（自分の部屋から出てきながら）ママに言っとかなくちゃいけないわ、ペーチャが来ているって……
ワーリャ　わたし、あの人を起さないように言いつけたの。
アーニャ　（考えこんで）六年まえに、お父さまが亡《な》くなって、それから一月《ひとつき》すると弟のグリーシャが、川で溺《おぼ》れたんだわ。可愛い七つの子だったのに。ママは、もう辛《しん》抱《ぼう》がならなくなって、出てらしたのだわ。……あとも振返らずに、出てらしたんだわ。……（身ぶるいする）わたしママの気持よくわかるの、それがママに通じたらばねえ！（間）あのペーチャ・トロフィーモフは、グリーシャの家庭教師だったんだから、またお思い出しになるかも知れないわね……

フィールス登場。セビロに白チョッキのいでたち。

フィールス（コーヒー沸かしのところへ行き、心配そうに）奥さまは、こちらで召し上がるとおっしゃる。……（白手袋を両手にはめる）よいかな、コッフィーは？（ドゥニャーシャに向って、きびしく）これ！クリームはどうした？

ドゥニャーシャ　あら、どうしましょう……（あたふたと退場）

フィールス（コーヒー沸かしのまわりをそわそわしながら）ええ、この出来そこねえめが……（ぼそぼそ独り言をいう）パリからお帰りになった。……旦那《だんな》さまもいつぞや、パリへおいでなすったっけな……馬車でな……（声を立てて笑う）

ワーリャ　フィールス、お前なに言ってるの？

フィールス　はい、何と仰《おお》せで？（嬉しそうに）奥さまがお帰りになりました！お待ち申した甲斐《かい》あって。これでもう、死んでも思い残すことはありませんわい。

……（嬉し泣きに泣く）

ラネーフスカヤ夫人、ガーエフ、ピーシチク登場。ピーシチクは薄いラシャの袖《そで》なし胴着に、だぶだぶのズボンをはいている。ガーエフははいってきながら、両腕と胴とで玉突きをしているような仕草をする。（訳注　原書には示してないが、ロパーヒンもこのとき登場するらしい）

ラネーフスカヤ　どうするんでしたっけ？　ちょっとおさらいして……。黄玉は隅《すみ》へ！　空《から》クッションで真ん中へ！

ガーエフ　薄く当てて隅へだ！　ねえお前、むかしはお前といっしょに、ほれこの子供部屋で寝たもんだが、今じゃわたしも五十一だ、なんだか妙な気もするがなあ……

ロパーヒン　さよう、時のたつのは早いものです。

ガーエフ　なんだって？

ロパーヒン　いや、時のたつのは早い、と言ったので。

ガーエフ　この部屋は、虫とり草のにおいがする。

アーニャ　わたし、行って寝るわ。おやすみなさい、ママ。（母にキスする）

ラネーフスカヤ　わたしの可愛い子。（娘の手にキスする）おまえ、うちに帰って嬉しいだろうね？　わたしは、まだほんとのような気がしないの。
アーニャ　おやすみなさい、伯父さま。
ガーエフ　（彼女の顔と両手にキスする）ゆっくりおやすみ。なんてお前は、お母さん似なんだろう！　（妹に）ねえリューバ（訳注　ラネーフスカヤ夫人の名リュボーフィの愛称）お前もこの年ごろには、この子そっくりだったよ。
　アーニャは片手をロパーヒンとピーシチクに与え、自分の部屋へ引きとってドアをしめる。
ラネーフスカヤ　あの子すっかりくたくたなのね。
ピーシチク　道中がさぞ長かったでしょうからな。
ワーリャ　（ロパーヒンとピーシチクに）どうなすって、皆さん？　やがて三時ですよ、そろそろ紳士の体面をお考えになったらどうでしょう。
ラネーフスカヤ　（笑う）お前、相変らずなのね、ワーリャ。（彼女を引きよせてキスする）このコーヒーを飲んだら、それでお開きにしましょうね。（フィールス、夫人の足もとに足載せのクッションを置く）ありがとうよ、フィールス。わたし、コーヒーが癖になってね、昼も夜も飲むんですよ。ありがとう、爺《じい》や。（フィールスにキスする）

ワーリャ　ちょっと見てこよう、荷物がみんな来ているかどうか。……（退場）
ラネーフスカヤ　ほんとに、ここに坐《すわ》っているのはわたしかしら？（笑う）わたし飛んで跳ねて、両手を振りまわしたい。（両手で顔をおおう）これが夢だったらどうしよう！　わたし神かけて、生れ故郷が好きですの、まるで母親に甘えるような気持ですの。わたし汽車の窓から、とても見てはいられなくなって、泣いてばかりいましたわ。（涙ごえで）それはそうと、コーヒーを頂かなくてはね。ありがとうよ、フィールス、ありがとう、爺や。お前が達者でいてくれて、わたしほんとに嬉しいよ。
フィールス　おとといでございます。
ガーエフ　耳が遠いんだよ。
ロパーヒン　わたしはこれからすぐ、今朝の四時すぎに、ハリコフへ発たなければなりません。じつに残念です！　ちょっとお目にかかって、お話ししたいこともあったのですが……。しかし、相変らずご立派ですなあ。
ピーシチク　（息をはずませながら）むしろ器量があがられたくらいだ。……お召物もパリ好みでな……わしらなど、どだい目がくらんで、まともにゃ拝めんほどですわい……
ロパーヒン　あなたのお兄上、このガーエフさんは、わたしのことを下司《げす》だ、強欲だと言われますが、そんなこと、わたしは一向平気です。なんとでも仰しゃるがいい。ただわたしの望むところは、あなただけは元どおりわたしを信用してくだすって、そのえも言われぬ、しみじみしたお眼《め》を、従前同様わたしに注いで頂きたいということです。いやはや、思いだしてもゾッとする！ うちの親父《おやじ》は、あなたのお祖父《じい》さんやお父さんの農奴だった。ところがあなたには、ほかならぬあなたという人には、わたしはいつぞや一方ならぬお世話になったことがある、それでわたしは、一切をきれいに忘れて、あなたを肉親のようにお慕いしています……いや、肉親以上にです。

ラネーフスカヤ　わたし、じっとしちゃいられない、とても駄目《だめ》……（ぱっと立ちあがって、ひどく興奮のていで歩きまわる）嬉《うれ》しくって嬉しくって、気がちがいそうだ。……わたしを笑ってちょうだい、ばかなんですもの。……なつかしい、わたしの本棚《ほんだな》……（戸棚にキスする）わたしの小っちゃなテーブル……

ガーエフ　お前の留守のまに、乳母《ばあや》が死んだよ。

ラネーフスカヤ（腰をおろし、コーヒーを飲む）ええ、天国にやすらわんことを。知らせをもらいました。

ガーエフ　それに、アナスターシイも死んだ。やぶにらみのペトルーシカは、うちか

ら暇をとって、今じゃ町の署長のところにいる。（ポケットから氷砂糖の小箱を取りだし、しゃぶる）

ピーシチク　わしの娘のダーシェンカが……よろしくと申しました……

ロパーヒン　わたしはあなたに、何かとても愉快な、楽しい話がしたいのですが……（時計を出して見る）そろそろ発《た》たなければならんので、おしゃべりをしているひまがありません……でまあ、ごくかいつまんで申しあげます。すでにご承知のとおり、お宅の桜の園は借財のカタで売りに出ておりまして、八月の二十二日が競売の日になっています。しかし、ご心配はいりません、奥さん、どうぞ、ご安心ねがいたい、打つ手はあります。……そこでわたしの案をよく聴いていただきたいのですが！　あなたの領地は、町からわずか五里のところにあって、しかもついそばを鉄道が開通しました。でもし、この桜の園と川沿いの土地一帯を、別荘向きの地所に分割して、それを別荘人種に貸すとしたら、あなたはいくら内輪に見積っても、年《ねん》に二万五千の収入をおあげになれるわけです。

ガーエフ　失礼だが、つまらん話だな！

ラネーフスカヤ　あなたのお話、どうもよくわからないわ、ロパーヒンさん。

ロパーヒン　つまり別荘人種から、三千坪に対して最低年二十五ルーブリの割で、地代をとり立てられるわけです。もし今すぐに広告なされば、このわたしが保証しますが、秋になるまでには一っかけらの空地も残さず、みんな借り手がつきますよ。早い話が万歳です、お家ご安泰というわけです。何しろ場所がらは絶好だし、川は深いし。ただ、もちろん、そこらをちょっと掃除したり、片づけたりはしなければなりません……例えばまあ、古い建物はみんな取払ってしまう。さしずめこの屋敷なんか、もうなんの役にも立ちませんからね。それに、古い桜の園なんかも伐《き》り払ってしまう……

ラネーフスカヤ　伐り払うですって？　まああなた、なんにもご存じないのねえ。この県のうちで、何かしらちっとは増しな、それどころかすばらしいものがあるとすれば、それはうちの桜の園だけですよ。

ロパーヒン　そのすばらしいというのも、結局はだだっぴろいだけの話です。桜んぼは二年に一度なるだけだし、それだって、やり場がないじゃありませんか。誰ひとり買手がないのでね。

ガーエフ　『百科事典』にだって、この庭のことは出ている。

ロパーヒン　(時計をのぞいて) これといった思案も浮ばず、なんの結論も出ないとなると、八月の二十二日には、桜の園はむろんのこと、領地すっかり、競売に出てしまうのですよ。思いっきりが肝腎《かんじん》です！　ほかに打つ手はありません、ほんとです。ないとなったら、ないのですから。

フィールス　昔は、さよう四、五十年まえには、桜んぼを乾《ほ》して、砂糖づけにしたり、酢につけたり、ジャムに煮たりしたものだった。それから、よく……

ガーエフ　黙っていろ、フィールス。

フィールス　それからよく、乾した桜んぼを、荷馬車に何台も積んで、モスクワやハリコフへ出したもんでござんしたよ。大したお金でしたわい！　乾した桜んぼだって、あの頃《ころ》は柔らかくてな、汁気《しるけ》があって、甘味があって、よい香りでしたよ。……あの頃は、こさえ方を知っていたのでな……

ラネーフスカヤ　そのこさえ方が、今どうなったの？

フィールス　忘れちまいましたので。誰《だれ》も覚えちゃおりません。

ピーシチク　（ラネーフスカヤ夫人に）パリはいかがでした？　ええ？　蛙《かえる》をあがりましたか？

ラネーフスカヤ　ワニを食べましたよ。

ピーシチク　こりゃ、どうだ……

ロパーヒン　今まで田舎といえば、地主と百姓しかいませんでしたが、今日《こんにち》では別荘人種というものが現われています。どんな町でも、どんな小っぽけな町でも、ぐるり一めん別荘が建っています。このぶんでいくと、二十年もしたら、別荘人種はどえらい数になるでしょう。今でこそあの連中は、バルコンでお茶を飲むのがせいぜいですが、あに図らんややがては、あの連中もめいめい三千坪の地面で、農作をはじめるかも知れない。そのあかつきには、お宅の桜の園も、豪勢な、ゆたかな、地上の天国になるでしょう。

ガーエフ　（憤慨して）じつにくだらん！

ワーリヤ、ヤーシャ登場。

ワーリヤ　お母さま、電報が二通きていましたわ。（鍵束《かぎたば》をより分けて、音たかく古風な本棚をあける）ほら、これ。

ラネーフスカヤ　パリからね。（ろくに読まずに、二通とも引裂く）パリとは、もう縁きりだわ……

ガーエフ　ねえリューバ、知ってるかい、この本棚の歳《とし》をさ？　ついこないだ、一ばん下の引出しを抜いて見たらばね、焼印で年号が押してあるんだ。ちょうど百年まえにできたんだよ。どうだい、ええ？　さしずめ記念祭でももよおしたいところだよ。いくら命のないものにしろ、とにかくなんと言ったって、本棚にはちがいないんだからね。
ピーシチク　（びっくりして）百年……。こりゃ、どうだ！　……
ガーエフ　そう。大したもんさ。……（戸棚にさわってみて）親愛にして尊敬すべき戸棚よ！　今や百年以上にわたって、絶えず善と正義の輝かしい理想をめざして進んできた、君の存在に挨拶《あいさつ》を送る。みのり多き仕事へと招く君の無言の呼び声は、百年のあいだたゆむことなく、よく（涙ごえで）わが一家代々の人びとに、未来への勇気と信念を保持せしめ、われわれのうちに、善と社会的自覚の理想を涵養《かんよう》してくれた。（間）
ロパーヒン　なるほど……
ラネーフスカヤ　あなた相変らずねえ、兄さん。
ガーエフ　（いささか照れて）右へ押して隅へ！　薄く当てて真ん中へスポリ！
ロパーヒン　（時計を出して見て）どれ、行かなくては。
ヤーシャ　（ラネーフスカヤ夫人に薬をさし出す）いかがでございます、丸薬をただ今召し上がっては……
ピーシチク　薬剤なんぞ、のむことはありませんよ、奥さん……毒にも薬にもなりゃしませんや。……まあひとつ……こっちへおよこしなさい。(丸薬を受けとり、手の平へあけて、ふっと吹いて口へほうりこみ、クワスでのみくだす)この通り!
ラネーフスカヤ　(あきれて)まああなた、気でもちがったの?
ピーシチク　丸薬をすっかり頂きました。
ロパーヒン　なんて大食《おおぐら》いだ!　(一同わらう)
フィールス　このかたは、復活祭の時おいでになって、キュウリを半たる召し上がりましたよ……(ぶつぶつ呟《つぶや》く)
ラネーフスカヤ　何を言ってるのかしら?
ワーリャ　もう三年ごし、あんなふうにぶつぶつ言ってますの。わたしたち、馴《な》れてしまいました。
ヤーシャ　ご老体ですからな。

シャルロッタが白い服をきて、舞台をよこぎる。すこぶる痩《や》せた体を、ぎゅっと緊《し》めあげるような着こなしで、バンドに柄《え》つき眼鏡をさげている。

ロパーヒン　どうも失礼、シャルロッタさん、まだご挨拶をしませんでしたね。(彼女の手にキスしようとする)

シャルロッタ　(手を引っこめながら) あなたに手をキスさせたら、次には肘《ひじ》とおいでなさるでしょうよ、それから肩とね……

ロパーヒン　どうも運が悪い、今日は。(一同わらう) シャルロッタさん、手品を見せてくださいよ!

ラネーフスカヤ　ほんとにシャルロッタ、手品を見せてちょうだい!

シャルロッタ　だめです。わたし眠いんですから。(退場)

ロパーヒン　三週間したらお目にかかります。(ラネーフスカヤ夫人の手にキスする) ではそれまで、ご機嫌《きげん》よう。もう時間です。(ガーエフに) ではまた。(ピーシチクとキスをかわして) さようなら。(まずワーリャと、ついでフィールス、ヤーシャと握手して) 発ちたくないなあ。(ラネーフスカヤ夫人に) 別荘の件をとっくりお考えになって、決心がおつきでしたら、ちょっとお知らせを願います。五万ルーブリは作って差しあげます。慎重にお考えください。

ワーリャ　(腹だたしく) さ、いい加減でいらっしゃいよ!

ロパーヒン　行きます、行きますよ……(退場)

ガーエフ　下司め。いやこれは、ごめん《パルドン》。……ワーリャはあの男のところへ嫁《い》くんだっけな、あれはワーリャのムコさんだ。

ワーリャ　おじさん、余計なこと言わないで。
ラネーフスカヤ　なによ、ワーリャ、わたしそうなったら本当に嬉しい。あれは、いい人だもの。
ピーシチク　人物は、じつになんともはや……よくできた人で……。うちのダーシェンカも……やっぱりその、言っておりますよ……何やかやとな。（いびきをかいて、すぐまた目をさます）いや、それにしても奥さん……恐縮ですが貸してくださらんか……二百四十ルーブリだけ……あす担保の利子を払わにゃならんので……
ワーリャ（仰天して）だめよ、だめですよ！
ラネーフスカヤ　わたし、ほんとに一文もないのよ。
ピーシチク　なあに出てきますよ。（笑う）決して希望は捨てませんて。いつぞやも、いよいよ駄目だ、これで破滅だと観念したら、いや驚くまいことか、——鉄道がうちの地面を通ってね……金がころげこみましたよ。まあ見ててご覧なさい、また何かありますよ、今日でないまでも明日《あす》はね。ダーシェンカが二十万あてますよ……あれは富クジを一枚もってますでな。
ラネーフスカヤ　コーヒーも飲んだから、これでもう休めるわ。
フィールス（ブラシでガーエフの服を払いながら、訓戒口調で）またズボンをお間違えになった。ほんとに困ったお人だ!
ワーリャ (小声で) アーニャは寝ているわ。(そっと窓をあける) もう日が出た、寒くないわ。ご覧なさい、お母さん、なんて見事な桜の木でしょう! すばらしいわ、この空気! ムク鳥が啼《な》いている!
ガーエフ (べつの窓をあける) 庭いちめん真っ白だ。おまえ忘れやしないだろう、え、リューバ? この長い並木は、ずっとまっすぐ、まるで革帯をぴんと張ったように伸びて、月夜には白々と光るのだ。ね、覚えてるだろう? 忘れはしまいね?
ラネーフスカヤ (窓から庭を眺《なが》めて) ああ、わたしの子供のころ、清らかな時代! わたし、この子供部屋に寝て、ここから庭を眺めたものよ。あの頃は幸福が、毎朝わたしと一しょに目をさましたっけ。庭もこの通りだった、そっくりそのまま。(嬉しさのあまり笑う) 真っ白、一めんに真っ白ね! ああ、わたしの庭! 暗い、うっとうしい秋や、寒い冬を越して、またお前は若々しく、幸福で一ぱいだわ。天使たちが、お前を見すてなかったのね。……ああ、わたしの胸や肩から、この重石《おもし》がとりのけられたら! わたしの過去を、きれいに忘れることができたら!
ガーエフ そう、だがこの庭も、借金のカタに売られてしまう。妙な話だが、仕方がない……

ラネーフスカヤ　あら、ご覧なさい、亡《な》くなったお母さまが、庭を歩いてらっしゃるわ……白い服を召して！（嬉しさのあまり笑う）たしかにそうだわ。

ガーエフ　どれ、どこに？

ワーリャ　しっかりなすって、お母さん。

ラネーフスカヤ　誰もいない、気のせいだったわ。右手の、あずまやへ行く曲り角に、白い若木の垂れているのが、女の影に似てたんだわ……

トロフィーモフ登場。着ふるした学生服をきて、眼鏡をかけている。

ラネーフスカヤ　ほんとにすばらしい庭！　花が真っ白にかさなって、あの青い空……

トロフィーモフ　奥さん！（夫人は彼をふりかえる）僕《ぼく》はちょっとご挨拶だけして、すぐ引きさがります。（熱烈に手にキスする）朝まで待つように言われたんですが、とても我慢がならないもんで……

ラネーフスカヤ夫人、けげんそうに彼を見る。

ワーリャ　（涙ごえで）ペーチャ・トロフィーモフよ……

トロフィーモフ　ペーチャ・トロフィーモフ、お宅のグリーシャの家庭教師でした。……僕そんなに変ったでしょうか？

夫人は彼を抱いて、静かに泣く。

ガーエフ　（当惑して）もういい、もういいよ、リューバ。

ワーリャ　（泣く）だから言ったじゃないの、ペーチャ、あしたまでお待ちなさいって。

ラネーフスカヤ　わたしのグリーシャ……ああ坊や……グリーシャ……可愛《かわい》い子……

ワーリャ　仕方がないわ、お母さん。神さまの思召《おぼしめ》しですもの。

トロフィーモフ　（やさしく、涙ごえで）いいですよ、もういいですよ……

ラネーフスカヤ　（静かに泣く）あの子は死んだ、溺《おぼ》れてしまった。……なぜなの？　なぜでしょう、あなた？　（声をひそめて）あすこでアーニャが寝ているのに、わたし大きな声して……うるさいわね。……まあ、どうなすったの、ペーチャ？　どうしてそんなに風采《ふうさい》が落ちたの？　なんだってそう老《ふ》けなすったの？

トロフィーモフ　汽車のなかでも、どっかの百姓婆《ばあ》さんに、〝ねえ、禿《は》げの旦那《だんな》〟って言われました。

ラネーフスカヤ　あなたはあのころ、まるで子供で、可愛い学生だったわ。それが今じゃ、髪の毛も濃くはないし、眼鏡まで。ほんとに、今でも大学生なの？（ドアのほうへ行く）
トロフィーモフ　きっと僕は、万年大学生でしょうよ。
ラネーフスカヤ　（兄に、それからワーリャにキスする）さあ、行っておやすみなさい。……あなたも老けたわねえ、レオニード。
ピーシチク　（夫人のあとにつづく）では、これでおねんねか。……ええ、この足痛風めが。今日は泊めていただきますよ。……とにかくわしは、ねえ奥さん、あすの朝にゃ……二百四十ルーブリというものが……
ガーエフ　あいつ、自分のことばかりだ。
ピーシチク　二百四十ルーブリ……担保の利子を払うんでね。
ラネーフスカヤ　お金なんかありませんよ、わたし……
ピーシチク　返しますからさ、奥さん。……わずかな金高じゃありませんか……
ラネーフスカヤ　じゃいいわ、レオニードにたのみましょう。……出してあげて、レオニード。
ガーエフ　よし、出してやろう。ポケットをあけて待ってるがいい。

ラネーフスカヤ　仕方がないじゃないの、出したげなさいよ。……この人いるんだから……。返すと言うんだし。

ラネーフスカヤ夫人、トロフィーモフ、ピーシチク、フィールス退場。ガーエフ、ワーリャ、ヤーシャ残る。

ガーエフ　妹は、まだ金をばらまく癖が直らんな。（ヤーシャに）いい子だから、も少しあっちい行ってくれ。お前はニワトリ臭くてかなわん。
ヤーシャ　（冷笑をうかべて）そういう旦那は、相変らずでらっしゃるね。
ガーエフ　なに？　（ワーリャに）こいつ、なんと言ったのかね。
ワーリャ　（ヤーシャに）お前のおっ母さんが村から出て来て、きのうから下《しも》の部屋で待ってるよ、ちょっと会いたいって……
ヤーシャ　ちえっ、うるさいったらありゃしねえ！
ワーリャ　まあ、いけ図々《ずうずう》しい！
ヤーシャ　余計なこった。あすでも来りゃいいのにさ。（退場）
ワーリャ　お母さんは相変らずで、ちっともお変りにならない。勝手にさせておいたら、何もかも人にやってしまうわ。

ガーエフ　そうさ……（間）何かの病気にたいして、あれもこれもと、いろんな薬をすすめるような時は、つまりその病気が不治だというわけだ。わたしも、脳みそをしぼって考えてるんだが、するといろんな手が浮ぶね。あんまり沢山あるもんで、つまり本当のところは、一つもないということになる。誰かの遺産がころげこめばよし、アーニャを大金持のところへ嫁にやるのもよし、それともヤロスラーヴリへ出かけて行って、伯爵《はくしゃく》夫人の伯母さんにぶつかってみるのも悪くはあるまい。伯母さんは、とてもどえらい金持だからな。

ワーリャ　（泣く）どうぞそうなればねえ。

ガーエフ　泣かないでもいい。伯母さんはとても金持なんだが、われわれ兄妹《きょうだい》がお好きじゃない。だいいち妹が、貴族でもない弁護士風情《ふぜい》にとついだものでな……

アーニャがドアのところに現われる。

ガーエフ　貴族でもない男と結婚した上に、行状も大いに宜《よろ》しかったとは言えないからな。あれは立派な女だ。気立てもいいし、親切だ。わたしは大好きなんだが、それにしたって、いくらヒイキ目に見たところで、やはり不身持ちなことだけは認めないわけには行かん。こいつは、ちょっとした身ぶり一つにも出ているよ。

ワーリャ　(ひそひそ声で) アーニャがドアのところにいますよ。
ガーエフ　なんだって？ (間) おや、おかしい、何か右の眼《め》にはいった……よく見えないぞ。それで木曜にね、地方裁判所へ行ったら……

アーニャはいってくる。

ワーリャ　どうして寝ないの、アーニャ？
アーニャ　寝られないの。だめなの。
ガーエフ　可愛い子。(アーニャの顔や手にキスする) わたしの子……(涙ごえで) お前は姪《めい》どころじゃない、わたしのエンジェルだ、わたしの一切だ。信じておくれ、わたしを、ほんとだよ……
アーニャ　信じてますわ、伯父さん。みんなあなたが好きで、尊敬しています……でもねえ、伯父さん、あなたは黙ってらっしゃらなけりゃいけないわ、ただじっと黙ってってね。今しがたも、わたしのママのことを、なんて言ってらしたの？　ご自分の妹じゃありませんか？　なんだって、あんなことを仰《おっ》しゃるの？
ガーエフ　なるほど、なるほど……(彼女の片手で自分の顔をおおう) まったく、厭《いや》になるよ！　いやどうも、情けないこった！　おまけに先刻《さっき》は、本棚《ほんだな》の前で演説をした……ばかばかしい！　済んでからやっと、ばかげていることがわかったんだ。

ワーリャ　ほんとよ、伯父さん、黙ってらっしゃるに限るわ。黙っていれば、それでいいのよ。

アーニャ　黙ってらっしゃれば、ご自分だって気が休まるわ。

ガーエフ　黙るよ。（アーニャとワーリャの手にキスする）黙るよ。ただ、ちょっと大事な話があるんだ、木曜に地方裁判所へ行ったら、偶然、仲間が寄り合っちまってね、あれやこれやと四方山《よもやま》ばなしが出たなかで、どうやらその、手形で金を借りて、銀行の利子が払えそうなんだ。

ワーリャ　どうぞそうなればねえ！

ガーエフ　火曜日に出かけていって、もう一度話してみよう。（ワーリャに）泣かないでもいい。（アーニャに）ママさんはロパーヒンに相談するだろうさ。あの男は、もちろん、いやとは言うまい。……それからお前は、ひと休みしたら、ヤロスラーヴリの伯爵夫人のところへ行ってみるんだな、お前の大伯母さんだからね。といった工合に、三方から運動すれば――もうこっちのものだ。利子は払えるさ、断じてね。……（氷砂糖を口へ入れる）わたしの面目なりなんなり、なんでもかけて誓うが、この領地は売られるものかね！（興奮して）ぼくの幸福にかけて誓う！さあ、この手が証人だ（片手を相手に差出す）――もしこの僕が、ずるずる競売へまで持ちこませたら、その時こそ僕を、やくざとでも恥しらずとでも言うがいい！ぼくの全存在にかけて誓うよ！

アーニャ（気持の落ちつきが戻《もど》ってきて、彼女は幸福だ）あなたは、なんていい人でしょう、伯父さま、なんて利口な！（伯父を抱く）やっと安心したわ！わたし安心して、とても幸福！

フィールス登場。

フィールス（咎《とが》めるように）旦那さま、ばちが当りますぞ！いつおやすみになりますので？

ガーエフ　ああ今、すぐだよ。お前はさがっていい、フィールス。なあに、こうなりゃもう、わたしは一人で着かえるよ。じゃ子供たち、お寝んねだよ。……詳しい話は明日《あす》のこととして、もう行って寝なさい。（アーニャとワーリャにキスする）わたしは八〇年代（訳注　一八八〇年代。ナロードニキー運動の退潮期）の人間だ。……なるほど評判のわるい時代じゃあるが、それにしたって、こうは言えるな――信念のため僕だって、少なからぬ苦痛をなめてきたもんだとね。百姓が僕を好いてくれるのも、まんざら不思議はない。農民を知らなくてはいかん！　そもそも彼らが、いかなる……

アーニャ　また、伯父さま！

ワーリャ　伯父さん、黙ってらっしゃい。

フィールス　（腹だたしげに）旦那さま！

ガーエフ　行くよ、行くよ。……二人とも寝なさいよ。トゥー・クッションで真ん中へ！　みごとなやつをな……（退場。フィールスちょこちょこと後にしたがう）

アーニャ　これで安心だわ。ヤロスラーヴリへなんか、わたし行きたくない。あのおばあさま、嫌《きら》いなんだもの。でも、とにかくホッとしたわ。ありがとう、伯父さま。（腰かける）

ワーリャ　もう寝なくっちゃ。どれ行きましょう。そうそう、あんたの留守のまに、厭なことがあったの。あの古いほうの下部屋《しも》には、あんたも知ってのとおり、古手の召使ばかりいるでしょう、――エフィーミュシカだの、ポーリャだの、エフスチーグネイだの、カールプだのって。あの連中、どこかの浮浪人どもを引っぱりこんで泊めだしたのよ。わたし黙っていてやった。そこへ耳にはいったんだけど、わたしがあの連中にエンドウ豆ばかり食べさせるような、そんな噂《うわさ》を飛ばしてるの。しわん坊だから、ですってさ。……それがみんな、エフスチーグネイの仕業なの。……「よし、そんならこっちも覚悟がある」と、わたしは思ってね、エフスチーグネイを呼びつけた……（あくびをする）するとやって来たから……「なんてお前は、ええエフスチーグネイ……馬鹿《ばか》なんだい」って言ってね……（アーニャを見て）アーニチカ！　……（間）寝ちまった。……（アーニャの腕をかかえて）さ、ベッドへ行きましょう。……さ、行くのよ！　……（連れて行く）わたしのいい子がおねんねだ！　さ、行きましょう……（ふたり行く）

はるか庭の彼方《かなた》で、牧夫が芦笛《あしぶえ》を吹く。トロフィーモフが舞台を通りかかり、ワーリャとアーニャを見て、立ちどまる。

ワーリャ　しッ……このひと寝てるのよ。……寝てるのよ。さあ行きましょうね、可愛い子。

アーニャ　（小声で、夢見ごこちで）とてもくたびれたわ、わたし……まだ馬車の鈴の音がしてるわ。……伯父さま……いい人ね、ママも、伯父さまも……

ワーリャ　行きましょう、アーニチカ、行きましょうね……（アーニャの部屋へはいる）

トロフィーモフ　（感きわまって）おお、ぼくの太陽！　ぼくの青春！

――幕――

第二幕

野外。とうに見すてられ、傾きかかった古い小さな礼拝堂がある。そのそばに井戸。もとは墓標であったとおぼしい大きな石が幾つか。古びたベンチが一つ。ガーエフの田舎屋敷へ通じる道が見える。片側に、高くそびえたポプラが黒ずんでいる。そこから桜の園がはじまるのだ。遠景に電信柱の列。さらに遥《はる》か遠く地平線上に、大きな都会のすがたがぼんやり見える。それは、よっぽど晴れわたった上天気でないと見えないのだ。まもなく日の沈む時刻。

シャルロッタ、ヤーシャ、ドゥニャーシャが、ベンチにかけている。エピホードフはそばに立って、ギターを弾いている。みんな思い沈んで坐《すわ》っている。シャルロッタは古いヒサシ帽をかぶり、肩から銃をおろして、革ひもの留金をなおしにかかる。

シャルロッタ　（思案のていで）わたし、正式のパスポートがないもので、自分が幾つなのか知らないの。それでいつも若いような気がしているわ。まだ小娘だったころ、お父つぁんとおっ母さんは市《いち》から市《いち》へ渡り歩いては、見世物を出していたの、なかなか立派なものだった。わたしはサルト・モルターレ《とんぼがえり》をやったり、いろんな芸当をやったものよ。お父つぁんもおっ母さんも死んでしまうと、あるドイツ人の奥さんがわたしを引取って、勉強させてくれた。そう。やがて大きくなって、家庭教師になった。だが一たい自分が、どこの何者なのか――さっぱり知らないの。……両親がどういう人だったか、正式の夫婦だったかどうか……それも知らない。（ポケットからキュウリを出してかじる）なんにも知らないわ。（間）いろいろ話もしたいけれど、話相手もなし……。わたしには誰《だれ》もいないんだもの。

エピホードフ　（ギターを弾きながら歌う）

浮世を捨てしこの身には

友もかたきも何かせん……

マンドリンを弾くのは、いいもんだなあ！

ドゥニャーシャ　それはギターよ、マンドリンじゃないわ。（ふところ鏡を見ながら白粉《おしろい》をはたく）

エピホードフ　恋に狂った男にとっちゃ、これもマンドリンさね。……（口ずさむ）

たがいの恋の炎もて

胸もえ立ちてあるならば……

ヤーシャ、声をあわせる。

シャルロッタ　すごい歌い方だこと、この人たち……ふッ！　山犬みたいだ。

ドゥニャーシャ　（ヤーシャに）それにしても、外国へ行くなんて、ほんとにいいわねえ。

ヤーシャ　そりゃ、もちろんさ。あえて異論は唱えませんねえ。（あくびをして、葉巻を吸いはじめる）

エピホードフ　わかりきった事さ。外国じゃ総《すべ》てが、とうの昔に完全なコンプリート（訳注　原語は Complexion に当る外来語で「体格」の意味。それを「完成」の意味に使っているおかし味。以下エピホードフの半可通ぶりは続出する）に達してますからね。

ヤーシャ　もちろんね。

エピホードフ　僕《ぼく》は進歩した人間で、いろんな立派な本を読んでいるが、それでいてどうしても会得《えとく》できんのは、結局ぼくが何を欲《ほっ》するか、つまりその傾向なんですよ――生くべきか、それとも自殺すべきか、つまり結局それなんだが、にもかかわらず僕は、ピストルは常に携帯していますよ。そらね……（ピストルを出して見せる）

シャルロッタ　やっと済んだ。どれ行こうかな。（銃を肩にかける）ねえエピホードフ、あんたは大そう頭のいい、大そうおっかない人だことねえ。さだめし女の子が、夢中になって惚《ほ》れこむだろうさ。ブルルル！（行きかける）才子とか才物とかいった手合いは、みんなこうしたお馬鹿《ばか》さんばかりさ。話相手なんか誰もいやしない。……しょっちゅう独り、独りぼっち、わたしにゃ誰もいないのさ……そういう私が何者か、なんで生れてきたのか、それもわかったものじゃない……（ゆっくり退場）

エピホードフ　つまり結局ですな、ほかの問題はさておいて、自分一個のことに関するかぎり、ともあれ僕はつぎのごとく言わざるを得んのですよ――運命が僕を遇することの無慈悲残忍なる、あらしが小舟をもてあそぶに異ならん、とね。かりに一歩をゆずって、この僕の考えが間違っているとすれば、では一体なぜ、今朝ぼくが目をさましてみると、まあ一例として言えばですな、おっそろしく大きな蜘蛛《くも》が、僕の胸のうえに乗っかっていたんでしょう。……こんなやつがね（両手で示す）。同様にして、クワスでノドをうるおそうと思って手にとると、またしても、いやはや、たとえば油虫といったたぐいの、極度に無礼千万なやつがはいっている。（間）あんたはバックル（訳注　十九世紀イギリスの文明史家）を読んだことがありますか？（間）じつはね、ドゥニャーシャさん、ほんの二言三言、御意《ぎょい》を得たいことがあるんですがね。

ドゥニャーシャ　どうぞ。

エピホードフ　それが実は、さし向いでお願いしたいんですが……（ため息をつく）

ドゥニャーシャ　（当惑して）そう、いいわ……でもその前に、わたしの長外套《がいとう》を持ってきてくださらない。……洋服箪笥《ようふくだんす》のそばにあるわ。……すこし、じめじめしてきた……

エピホードフ　いや、かしこまりました……持って参りましょう。……さあこれで、このピストルをどうしたらいいか、やっとわかったぞ。……（ギターを取りあげ、軽く弾きながら退場）

ヤーシャ　二十二の不仕合せか！　ばかなやつだよ、ここだけの話だが。（あくび）

ドゥニャーシャ　ピストル自殺なんかされたら困るわねえ。（間）あたし、このごろ落ちつきがなくなって、しょっちゅう胸さわぎがするの。ほんの小娘のころから、お屋敷へあがったもんだから、今じゃしもじもの暮しを忘れてしまって、手だってほらこんなに白くて、まるでお嬢さんみたい。気持まで華奢《きやしや》になって、そりゃデリケートで、上品で、なんにでもびくびくするの。……とっても怖いのよ。だからヤーシャ、もしもあんたに裏切られでもしたら、あたし神経がどうかなってしまうことよ。

ヤーシャ　（キスしてやって）可愛《かわい》いキュウリさん！　もちろん娘というものは、自分を忘れたらおしまいだ。だから僕が何より嫌《きら》いなのは、身もちのわるい娘さんさ。

ドゥニャーシャ　あたし、あんたが大好き。教養があって、どんな理屈だってわかるんだもの。(間)

ヤーシャ　(あくびをして)そうさな。……僕に言わせりゃ、こうさ——娘さんが誰かを好きになったら、つまりふしだらなんだな。(間)きれいな空気のなかで、葉巻をふかすのはいい気持だなあ。……(きき耳を立てて)誰か来るぞ。……ありゃ奥さんがただ……

ドゥニャーシャは、いきなり彼を抱擁する。

ヤーシャ　うちへ帰りなさい、川へ水浴びに行ったような顔をして、こっちの小径《こみち》から行きたまえ。うっかり出くわそうもんなら、僕がさも君と逢引《あいびき》してたように思われるからな。そいつはたまらんからなあ。

ドゥニャーシャ　(そっと咳《せき》をする)葉巻のけむで、あたし頭痛がしてきたわ。……

(退場)

ヤーシャは居残って、礼拝堂のそばに坐る。ラネーフスカヤ夫人、ガーエフ、ロパーヒン登場。

ロパーヒン　最後の肚《はら》をきめて頂きたいですな、――時は待っちゃくれません。問題はなんにもありゃしない。この土地を別荘地として出すのに、ご賛成かどうか？　否《いや》か応か、一こと返事してくだされぱいいんです。たった一言！

ラネーフスカヤ　誰だろう、ここで嫌《いや》らしい葉巻をふかすのは！　（腰をおろす）

ガーエフ　鉄道が敷けてから、便利になったものさ。（腰をおろす）こうして町へ出かけて、ひる飯をやってこられるんだからな……黄玉は真ん中へ！　何はともあれ家《うち》へ行って、一勝負やりたいもんだが……

ラネーフスカヤ　まだ大丈夫ですよ。

ロパーヒン　ね、ほんの一言！　（哀願するように）ねえ、どうかお返事を！

ガーエフ　（あくびまじりに）なんだね、そりゃ？

ラネーフスカヤ　（巾着《きんちゃく》をのぞいて）昨日はお金ずいぶん沢山あったのに、今日はからっきしないわ。ワーリャは可哀《かわい》そうに、なんとか切りつめようとして、わたしたちにはミルクのスープを出し、勝手もとじゃ年寄り連中にエンドウ豆ばかり食べさせてるというのに、わたしは何やら訳もわからない無駄《むだ》づかいをしている。……（巾着をとり落す。金貨がばらばらこぼれる）あら、こぼれちまった……（無念の思い入れ）

ヤーシャ　ご免ください、ただ今ひろって差上げます。（金貨をひろう）

ラネーフスカヤ　ご苦労さん、ヤーシャ。それにわたし、なんだってお午《ひる》なんか食べに行ったんだろう。……あなたご推奨のあのちゃちなレストラン。音楽つきだかなんだか知らないけれど、テーブル・クロスがシャボンくさかったわ。……おまけに、なぜあんなに沢山のむことがあるの、ええリョーニャ？　なぜ、あんなにどっさり食べたり、しゃべり散らしたりすることがあるの？　今日もあのレストランで、あんたは散々またおしゃべりをして、それがみんな、とんちんかんだったじゃないの。七〇年代（訳注　一八七〇年代。ナロードニキー運動の全盛時代）がどうしたの、デカダンがどうのって。しかも相手は誰だったの？　給仕をつかまえて、デカダン論をなさるなんて！

ロパーヒン　なるほど。

ガーエフ　（片手を振って）わたしのあの癖は、とても直らんよ。とても駄目だ……（癇癪《かんしゃく》まぎれにヤーシャに）なんという奴《やつ》だ、しょっちゅう人の前をちらちらしおって……

ヤーシャ　（笑う）わたしゃ、旦那《だんな》の声をきくと、つい笑いたくなるんで。

ガーエフ　（妹に）わたしが出てくか、それともこいつが……

ラネーフスカヤ　あっちへおいで、ヤーシャ、さ早く……

ヤーシャ　（ラネーフスカヤ夫人に巾着をわたす）ただ今まいります。（やっと噴きだすのを

こらえて）はい、ただ今……（退場）

ロパーヒン　お宅の領地は、金満家のデリガーノフが買おうとしています。競売当日は、大将自身が出馬するという話です。

ラネーフスカヤ　どこでお聞きになって？

ロパーヒン　町で、もっぱらの評判です。

ガーエフ　ヤロスラーヴリの伯母さんから、送ってよこす約束なんだが、いつ幾ら送ってくれるつもりか、それがわからん……

ロパーヒン　幾ら送ってよこされるでしょうかな？　十万？　それとも二十万？

ラネーフスカヤ　そうね……一万か――せいぜい一万五千、それで恩にきせられて。

ロパーヒン　失礼ですが、あなたがたのような無分別な、世事にうとい、奇怪千万な人間にゃ、まだお目にかかったことがありません。ちゃんとロシア語で、お宅の領地が売りに出ていると申しあげているのに、どうもおわかりにならんようだ。

ラネーフスカヤ　一体どうしろと仰《おっ》しゃるの？　教えてちょうだい、どうすればいいの？

ロパーヒン　だから毎日、お教えしてるじゃありませんか。毎日毎日、ひとつ事ばかり申しあげていますよ。桜の園も、宅地も何も、別荘地として貸しに出さなければならん、それを今すぐ、一刻も早くしなければならん、——競売はつい鼻の先へ迫っている、とね！　いいですか！　別荘にするという最後の肚をきめさえすれば、金は幾らでも出す人があります、それであなたがたは安泰なんです。

ラネーフスカヤ　別荘、別荘客——俗悪だわねえ、失礼だけど。

ガーエフ　わたしも全然同感だ。

ロパーヒン　わたしはワァッと泣きだすか、どなりだすか、それとも卒倒するかだ。とても堪《たま》らん！　あなたがたのおかげで、くたくたです！（ガーエフに）あなたは婆《ばば》あだ、まるで！

ガーエフ　なんとね？

ロパーヒン　婆あですよ！（行こうとする）

ラネーフスカヤ（おびえて）いいえ、行かないでちょうだい。ここにいて、ねえ。後生だから。何か考えつくかもしれないもの！

ロパーヒン　今さら、なんの考えることが！

ラネーフスカヤ　行かないで、お願い。あなたがいると、とにかく気がまぎれるわ。……（間）わたし、しょっちゅう、何かあるような気がしているの——今にもわたしたちの頭の上に、家《うち》がどさりと崩れてきでもしそうな。

ガーエフ（沈思のていで）空《から》クッションで隅《すみ》へ。……ひねって真ん中へ……

ラネーフスカヤ　わたしたち、神さまの前に、あんまり罪を作りすぎたのよ……

ロパーヒン　なんです、罪だなんて……

ガーエフ（氷砂糖を口に入れて）世間じゃ、わたしが全財産を、氷砂糖でしゃぶりつくしたと言っているよ……（笑う）

ラネーフスカヤ　ああ、わたし罪ぶかい女だわ。……まるで気ちがいみたいに、方図もなくお金を使いまわす癖がある上に、借金するほか能のない男にとついだんです。その夫は、シャンパンがもとで死にました——お酒に目のない人でしたからね。そのうえまた不幸なことに、わたしはほかの男を恋して、一緒になったの。すると、ちょうどその時、——これが最初の天罰で、真っ向からぐさりと来たのが、——ほら、あすこの川で……坊やが溺《おぼ》れ死んだことでした。そこでわたしは、外国へ発《た》ったの。発ちっぱなしで、もう二度と帰ってはこまい、あの川も見まい、とおもってね。……わたしが眼《め》をつぶって、無我夢中で逃げだしたのに、あの人は追っかけてきたの……情けも容赦もなくね。わたしがマントンの近くに別荘を買ったのも、あの人があそこに病みついたからで、それから三年というもの、わたしは夜《よ》も日もホッとするひまがなかった。病人にいびり抜かれて、心がカサカサになってしまいました。とうとう去年、借金の始末に別荘が人手にわたってしまうと、わたしはパリへ行きました。そこで、わたしから搾《しぼ》れるだけ搾りあげた挙句《あげく》、あの人はわたしを捨てて、ほかの女と一緒になったの。わたし毒をのもうとしました。……われながら浅ましい、世間に顔向けならない気がしてね。……ところが、急に帰りたくなったの――ロシアへ、生れ故郷へ、ひとり娘のところへね。……（涙をふく）神さま、ああ神さま、どうぞお慈悲で、この罪ぶかい女をお赦《ゆる》しくださいまし！ この上の罰は、堪忍《かんにん》してくださいまし！ （ポケットから電報を出して）今日、パリから来たの。……赦してくれ、帰って来てくれ、ですって。……（電報を引裂く）どこかで音楽がきこえるようね。（耳を澄ます）

ガーエフ　あれは、ここの有名なユダヤ人の楽団だよ。ほら覚えてるだろう。バイオリンが四つに、フルートとコントラバスさ。

ラネーフスカヤ　あれ、まだあるの？ なんとかあれを呼んで、夜会を開きたいものね。

ロパーヒン　（耳をすます）聞えないな……（小声で口ずさむ）「金《かね》のためならドイツっぽうは、ロシア人化《ば》かしてフランス人に変える」（笑う）いや、きのうわたしが劇場で見た芝居といったら、じつに滑稽《こっけい》でしたよ。

ラネーフスカヤ　ちっとも滑稽じゃないのよ、きっと。あんたは芝居なんか見ないで、せいぜい自分を眺《なが》めたほうがよくってよ。なんてあんたの暮しは、不趣味なんでしょう、よけいなおしゃべりばかりして。
ロパーヒン　そりゃそうです。正直のはなし、われわれの暮しは馬鹿げています。……（間）うちの親父《おやじ》はどん百姓で、アホーで、わからず屋で、わたしを学校へやってもくれず、酔っぱらっちゃ殴りつけるだけでした――それも棒っきれでね。底を割って言えば、わたしもご同様、アホーで、でくのぼうなんです。何一つ習ったことはなし、字を書かしたらひどいもんで、とても人さまの前には出せない豚の手ですよ。
ラネーフスカヤ　結婚しなくちゃいけないわ、あなたは。
ロパーヒン　なるほど。……そりゃそうです。
ラネーフスカヤ　うちのワーリャはどう？　いい子ですよ。
ロパーヒン　なるほど。
ラネーフスカヤ　あの子は百姓のうちから貰《もら》われてきて、あのとおりの働きもんだし、第一あなたを愛していますわ。それにあんただって、とうからお好きなんだし。
ロパーヒン　そりゃまあ、わたしも嫌いじゃありません。……いい娘さんです。（間）

ガーエフ　わたしを銀行へ世話しよう、と言ってくれる人があるんだがね。年収六千というんだが……。聞いたかね？

ラネーフスカヤ　柄《がら》でもないわ！　まあ、じっとしてらっしゃい……

フィールス登場。外套をもってきたのである。

フィールス　（ガーエフに）さあさ、旦那さま、お召しになって。じめじめして参りましたよ。

ガーエフ　（外套を着る）お前には閉口だよ、爺《じい》や。

フィールス　あきれたお人だ。……今朝だって、黙ってふらりとお出かけにはなるし。（彼をじろじろ眺めまわす）

ラネーフスカヤ　なんて年をとったの、お前は。ええフィールス！

フィールス　なんと仰しゃいましたので？

ロパーヒン　お前さんがひどく老《ふ》けたと仰しゃるんだよ！

フィールス　長生きしましたからな。いつだったか、嫁をとれと言われた時にゃ、あなたのお父さまもまだこの世に生れておいでになりませんでしたよ。……（笑う）解放令（訳注　一八六一年に公布された農奴解放令）が出た時にゃ、わたしはもう下男頭になっておりました。

あの時わたしは、自由民になるのはご免だと申して、引きつづきご奉公をいたしましたよ。……（間）当時は、忘れもしませんが、みんな面白《おもしろ》おかしくやっておりましたよ。何が面白いのか、自分たちもわからずにね。

ロパーヒン　昔はまったく好《よ》かったよ。とにかく、存分ひっぱたいたからなあ。

フィールス　（よく聞きとれずに）そりゃそうとも。昔は、旦那あっての百姓、百姓あっての旦那でしたものねえ。それが今じゃ、てんでんばらばらで、何がなんだかわかりはしねえ。

ガーエフ　ちょっと待った、フィールス。あすわたしは、町へ出かけなければならん。ある将軍に引合わせてくれるという約束なんだ。その人が、手形で融通してくれそうなんでね。

ロパーヒン　なあに物になりゃしませんよ。利子だって払えるもんですか、まあ安心してらっしゃい。

ラネーフスカヤ　このひと寝言を言ってるのよ。将軍なんて、いるものですか。

トロフィーモフ、アーニャ、ワーリャ登場。

ガーエフ　さあ、連中がやってきた。

アーニャ　ママがいるわ。
ラネーフスカヤ　（優しく）おいで、さ、こっちへ。……二人とも、いい子ね……（アーニャとワーリャを抱く）わたしがどんなにあなたがたを愛してるか、わかってくれたらねえ。ならんでお坐《すわ》り、ほらね、こう。

みなみな腰をおろす。

ロパーヒン　わが万年大学生先生は、いつもお嬢さんがたと一緒だね。
トロフィーモフ　君の知ったことじゃない。
ロパーヒン　この人は、そろそろ五十になるというのに、相変らずまだ大学生だ。
トロフィーモフ　愚劣な冗談はいい加減にしたまえ。
ロパーヒン　何を怒るんだね、変ってるなあ？
トロフィーモフ　ほっといてくれったら。
ロパーヒン　（笑う）ところで一つ伺うけれど、君は僕《ぼく》のことを、なんと思ってるかね？
トロフィーモフ　僕はね、ロパーヒン君。こう思ってますよ――あんたは金持だ、おっつけ百万長者になるだろう。新陳代謝の意味では、猛獣が必要だ。なんでも手当り次第、食っちまうやつがね。君の存在理由も、要するにそれさ。

一同わらう。

ワーリャ　ねえペーチャ、あんたは遊星《ほし》の話でもしたほうが似合うわ。

ラネーフスカヤ　それよか、どう、きのうの話の続きをしたら。

トロフィーモフ　なんの話でしたっけ？

ガーエフ　人間の誇りのことさ。

トロフィーモフ　きのうは、長いこと議論したけれど、けっきょく結論は出ませんでしたね。あなたの言われる意味で行くと、人間の誇りなるものには、何か神秘的なところがありますね。まあそれも、一説として正しいかも知れません。がしかし率直に、虚心坦懐《きょしんたんかい》に判断してみるとです、そもそもその誇りなるものが怪しいと言わざるを得ない。げんに人間が生理的にも貧弱にできあがっており、その大多数が粗野で、愚かで、すこぶるみじめな境涯《きょうがい》にある以上、誇りとかなんとかいっても、なんの意味があるでしょうか。自惚《うぬぼ》れはいい加減にして、ただ働くことですよ。

ガーエフ　どっちみち死ぬのさ。

トロフィーモフ　わかるもんですか？　第一、死ぬとは一体なんでしょう？　もしかするとと、人間には百の感覚があって、死ぬとそのうちわれわれの知っている五つだけが消滅して、のこる九十五は生き残るのかも知れない。
ラネーフスカヤ　なんてお利口さんなんでしょう、ペーチャ！……
ロパーヒン　（皮肉に）おっそろしくね！
トロフィーモフ　人類は、しだいに自己の力を充実しつつ、進歩して行きます。今は人知の及びがたいものでも、いつかは身近な、わかり易《やす》いものになるでしょう。ただそのためには、働かなければならない。真理を探求する人たちを、全力をあげて援助しなければならんのです。今のところ、わがロシアでは、ごく少数の人が働いているだけで、僕の知っているかぎりインテリ〔ゲンツィヤ〕の大多数は、何一つ求めもせず、何一つしもせず、差当り勤労に適しません。インテリなどと自称しながら、召使は「きさま」呼ばわりする、百姓は動物あつかいにする、ろくろく勉強もせず、何一つ真面目《まじめ》には読まず、なんにもせずに、ただ口先で科学を云々《うんぬん》するばかり、芸術だってろくにわかっちゃいない。みんな真面目くさって、さも厳粛な顔つきをして、厳粛なことばかり口にし、哲学をならべているが、*その一方かれら一人一人の眼の前では、労働者たちがひどい物を食い、一部屋に三十人四十人と、枕《まくら》もしないで寝ている。

（訳注　*以下は上演当時の検閲のため削除されたので、一九〇四年の初版本には、次のようにぼかされていた。――「その一方、われわれの大多数、百中の九十九までが、野蛮人みたいな暮しをして、何かといえば——すぐぶんなぐる、罵倒する、ひどい物を食って、息のつまるような汚ない所に寝て」）どこもかしこも南京虫と、鼻をつく悪臭と、ひどい湿気と、道徳的腐敗ばかりです。……で、われわれのやる麗々しい会話はみんな、ただ自分や他人の眼をくらまさんためであることは、言わずして明らかです。ひとつ教えていただきたい、——あれほどやかましく喋々《ちょうちょう》されている託児所は、一体どこにあるんです？　読書の家は、どこにあります？　それは小説に出てくるだけで、実際は全然ありゃしない。あるのはただ、泥《どろ》んこと、俗悪と、アジア的野蛮だけだ。……僕は、真面目くさった顔つきが、身ぶるいするほど嫌《きら》いです。真面目くさった会話にも、身ぶるいが出る。いっそ黙っていたほうがましですよ。

ロパーヒン　いや、わたしはね、毎朝四時すぎに起きだして、朝から晩まで働きづめでしょっちゅう自分や他人の金を扱っているが、見れば見るほど、まわりの人間が厭《いや》になるね。何かちょいと新しい仕事に手をつけさえすりゃ、世間に正直な、まともな人間がどんなに少ないかが、すぐにわかる。時どき、寝られない晩なんか、こんなことを考えたりしますよ、——「神よ、あなたは実にどえらい森や、はてしもない野原や、底しれぬ地平線をお授けになりました。で、そこに住むからには、われわれも本当は、雲つくような巨人でなければならんはずです……」とね。

ラネーフスカヤ　まあ、巨人がご入用ですって……。お伽話《とぎばなし》のなかでこそ、あれもいいけれど、ほんとに出てきたら怖いわ。

舞台の奥をエピホードフが通りかかって、ギターを弾く。

ラネーフスカヤ　（もの思わしげに）エピホードフが歩いてる。……
アーニャ　（もの思わしげに）エピホードフが歩いてる。
ガーエフ　日が沈んだよ、諸君。
トロフィーモフ　そう。
ガーエフ　（低い声で、朗読口調で）おお、自然よ、霊妙なるものよ、おんみは不滅の光明に輝く。われらが母と仰ぐ、美しく冷やかなおんみは、おのれのうちに生と死を結び合わす。おんみは物みなを生み、物みなを滅ぼす。……
ワーリャ　（哀願するように）伯父さん！
アーニャ　伯父さま、また！
トロフィーモフ　あなたは、黄玉を空《から》クッションで真ん中へ、のほうがいいですよ。
ガーエフ　黙るよ、黙っているよ。

みんな坐って、物思いに沈む。静寂。聞えるのは、フィールスの小声のつぶやきばかり。不意にはるか遠くで、まるで天からひびいたような物音がする。それは弦《つる》の切れた音で、しだいに悲しげに消えてゆく。

ラネーフスカヤ　なんだろう、あれは？

ロパーヒン　知りませんなあ。どこか遠くの鉱山で、巻揚機《ウインチ》の綱でも切れたんでしょう。しかし、どこかよっぽど遠くですなあ。

ガーエフ　もしかすると、何か鳥が舞いおりたのかも知れん……蒼《あお》サギか何かが。

トロフィーモフ　それとも、大ミミズクかな……

ラネーフスカヤ　（身ぶるいして）なんだか厭な気持。（間）

……

フィールス　あの不幸の前にも、やはりこんなことがありました。フクロウも啼《な》きたてたし、サモワールもひっきりなしに唸《うな》りましたっけ。

ガーエフ　不幸の前というと？

フィールス　解放令の前でございますよ。（間）

ラネーフスカヤ　ねえ皆さん、うちへはいりましょうよ、日が暮れてきたわ。（アーニ

ャに）まあ、涙なんか溜《た》めて……。どうかしたの、アーニャ？（抱きよせる）
アーニャ　なんでもないの、ママ。ただ、ちょっと。
トロフィーモフ　誰《だれ》か来る。

浮浪人が出てくる。古ぼけたヒサシ帽をかぶり、外套《がいとう》をまとい、少し酔っている。

浮浪人　ちょっとお尋ねしますが、ここをまっすぐ、停車場へ出られますかね？
ガーエフ　出られますよ。その道をお行きなさい。
浮浪人　ご親切に、おそれ入ります。（咳《せき》ばらいをして）まことによいお天気で……（朗読する）はらからよ、苦しみ悩むはらからよ。……出《い》でてみよ、ヴォルガのほとり、聞ゆるは誰の呻《うめ》きぞ。（訳注 ネクラーソフの詩より）……（ワーリャに）マドモワゼル、この飢えたるロシアの民に、三十コペイカほどどうぞ……

ワーリャおびえて、声を立てる。

ロパーヒン　（憤然として）無作法にも程度というものがあるぞ。
ラネーフスカヤ　（怖気《おじけ》づいて）持ってらっしゃい……さあ、これを……（巾着《きんちゃく》の中をさがす）銀貨がないわ。……まあいい、さ、この金貨を……

浮浪人　ご親切に、おそれ入ります！（退場）

笑い。

ワーリャ（あきれて）わたし行くわ……あっちへ行くわ。……お母さまったら、うちの人たちに食べさせる物がないというのに、あんな男に金貨をやるなんて。

ラネーフスカヤ　わたし馬鹿《ばか》なんだもの、仕方がないわ！　うちへ帰ったら、わたしの手持ちを残らず渡すからね。ロパーヒンさん、また貸してちょうだい！……

ロパーヒン　承知しました。

ラネーフスカヤ　さあ行きましょう、皆さん、時刻ですわ。そうそうワーリャ、さっきここでね、お前の縁談をととのえましたよ、おめでとう。

ワーリャ（涙ごえで）そんなこと、冗談に仰《おっ》しゃるもんじゃないわ、ママ。

ロパーヒン　オフメーリア（訳注　オフィーリアをわざわざ、オストロフスキーの有名な芝居の登場人物の名にもじったもの。この名は「一杯きげん」の意味を含んでいるおかしみがある）、さささ尼寺へ……

ガーエフ　どうも手がふるえてならん、久しく玉突きをやらないもんだから。

ロパーヒン　オフメーリア、おお水妖《ニンフ》よ。躬《み》が上も祈り添えてたもれ！

ラネーフスカヤ　行きましょうよ、皆さん。そろそろお夜食よ。

ワーリャ　あの男のおかげで、ほんとにびっくりしたわ。胸がこんなにドキドキしている。

ロパーヒン　念のため申しあげておきますが、皆さん、八月二十二日には桜の園は競売になります。お考えねがいますよ！……よくお考えをね！……

トロフィーモフとアーニャのほか、一同退場。

アーニャ　（笑いながら）浮浪人さん、ありがとう。ワーリャをおどかしてくれたおかげで、やっと二人きりになれたわ。

トロフィーモフ　ワーリャはね、僕たちがもしや恋仲になりはしまいかと警戒して、毎日、朝から晩まで、ああして付きっきりなんだ。あの人は、自分の狭い料簡《りょうけん》で、われわれが恋愛を超越していることがわからないんだ。われわれの自由と幸福をさまたげている、あのけちくさい妄想《もうそう》を追っぱらうこと、これが僕らの生活の目的であり意義なんです。進みましょう、前へ！　僕らは、はるか彼方《かなた》に輝いている明るい星をめざして、まっしぐらに進むのだ！　前へ！　おくれるな、友よ！

アーニャ　（手をたたいて）すてきだわ、あなたの話！（間）今日、ここはなんていいんでしょう！

トロフィーモフ　そう、すばらしい天気です。
アーニャ　あなたのおかげで、わたしどうかしてしまったわ、ペーチャ。なぜわたし、前ほど桜の園が好きでなくなったのかしら？　あんなに、うっとりするほど好きだったのに、——この世に、うちの庭ほどいい所はないと思っていたのに。
トロフィーモフ　ロシアじゅうが、われわれの庭なんです。大地は宏大《こうだい》で美しい。すばらしい場所なんか、どっさりありますよ。（間）ね、思ってもご覧なさい、アーニャ、あなたのお祖父《じい》さんも、ひいお祖父さんも、もっと前の先祖も、みんな農奴制度の讃美者《さんびしゃ》で、生きた魂を奴隷《どれい》にしてしぼり上げていたんです。で、どうです、この庭の桜の一つ一つから、その葉の一枚一枚から、その幹の一本一本から、人間の眼《め》があなたを見ていはしませんか、その声があなたには聞えませんか？　……生*きた魂を、わが物顔にこき使っているうちに——それがあなたがたを皆、むかし生きていた人も、現在いきている人も、すっかり堕落させてしまって、あなたのお母さんも、あなたも、伯父さんも、自分の腹を痛めずに、他人《ひと》のふところで、暮していることにはもう気がつかない、——あなた方が控室より先へは通さない連中の、ふところでね。（訳注　*以下は上演当時の検閲のため削除されたので、一九〇四年の初版本には、次のように言いかえられていた。——「ああ、怖ろしいことだ、お宅の庭は不気味です。晩か夜なかに庭を通り抜けると、桜の木の古い皮がぼんやり光って、さも桜の木が、百年二百年まえにあったことを夢に見ながら、重くるしい幻にうなされているような気がします。いやはや、まったく！」）……われわれは、少なくも二百年は後れています。ロシアにはまだ、まるで何一つない。過去にたいする断乎《だんこ》たる態度ももたず、われわれはただ哲学をならべて、憂鬱《ゆううつ》をかこったり、ウオッカを飲んだりしているだけです。だから、これはもう明らかじゃありませんか、われわれが改めて現在に生きはじめるためには、まずわれわれの過去をあがない、それと縁を切らなければならないことはね。過去をあがなうには、道は一つしかない、――それは苦悩です。世の常ならぬ、不断の勤労です。そこをわかってください、アーニャ。

アーニャ　わたしたちの今住んでいる家《うち》は、もうとうに、わたしたちの家じゃないのよ。だからわたし出て行くわ。誓ってよ。

トロフィーモフ　もしあなたが、家政の鍵《かぎ》をあずかっているのなら、それを井戸のなかへぶちこんで、出てらっしゃい。そして自由になるんです、風のようにね。

アーニャ　（感激して）それ、すばらしい表現だわ！

トロフィーモフ　信じてください、アーニャ、僕を信じて！　僕はまだ三十にならない、僕は若い、まだ学生ですが、これでずいぶん苦労はして来ましたよ！　冬になると、たちまち僕は口が乾《ひ》あがって、病みついて、いらいらして、乞食《こじき》も同然の境涯に落ちこんで、――運命の追うがままに、所きらわずほっつき歩いたもんです！

第三幕

アーチで奥の広間と区切られた客間。シャンデリアがともっている。次の間で、ユダヤ人の楽団の演奏がきこえる。二幕目に話に出たあれである。宵《よい》。広間ではグラン・ロン（訳注　大円舞）の最中。やがて《Promenade à une paire!》《プロムナード ア ユヌ ペール》（訳注　一組ずつ行進！）というシメオーノフ＝ピーシチクの掛声がして、順々に舞台へ出てくる。――先頭の組はピーシチクとシャルロッタ、二番目はトロフィーモフとラネーフスカヤ夫人、三番目はアーニャと郵便官吏、四番目はワーリャと駅長、等々。ワーリャは忍び泣きに泣いており、踊りながら涙をふく。最後の組にドゥニャーシャ。

みなみな客間を一巡して広間へ。ピーシチクの掛声――《Grand rond, balancez!》《グラン ロン バランセ》（訳注　大円陣、みぎ左へ！）《Les cavaliers à genoux et remerciez vos dames!》《レ カヴァリエ ザ ジュヌー エ ルメルシエ ヴォ ダーム》（訳注　騎士はひざまずいて、貴婦人に謝意を表わす！）

フィールスが燕尾服《えんびふく》すがたで、炭酸水《ゼルテル》を盆にのせて持って出る。客間にピーシチクとトロフィーモフ登場。

ピーシチク　わたしはどうも多血質でね、もう二度も卒中にやられているもんで、踊りはどだい無理なんだが、下世話にもいうとおり、おつきあいなら吠《ほ》えないまでも、せめて尻尾《しっぽ》を振るがよい――だからな。丈夫なことといったら、わたしは馬もはだしさ。わたしの亡《な》くなった親父《おやじ》は、剽軽《ひょうきん》な人だったが、――天国に安らわせたまえ――うちの家系のことで、こんなことを言っていたっけ。このシメオーノフ＝ピーシチクという古い家柄《いえがら》は、どうやらあのカリグラ皇帝（訳注 ローマ三代目の皇帝。暴君で、自分の愛馬に元老院の議席を与えたりした）が元老院の議席につけた例の馬から出ているらしい、とさ。……（腰かける）だが、困ったことには、金がない！ かつえた犬には肉こそ黄金《こばん》、といってな。……（いびきをかき、すぐまた目を覚ます）わたしもそれさ……金のことしか頭にないのさ

……

トロフィーモフ　そう言えば、あなたの格好には、実際なにか馬に通ずるところがありますね。

ピーシチク　なあに……馬はいい獣だ……だいいち売れるからな……

となりの部屋で、玉突きの音がする。広間のアーチの下に、ワーリャが姿を見せる。

トロフィーモフ　（からかって）マダム・ロパーヒン！ マダム・ロパーヒン！ ……

ワーリャ　（ムッとして）禿《は》げの旦那《だんな》！

トロフィーモフ　いかにも、僕《ぼく》は禿げの旦那だ、それを誇りとしてるんだ！
ワーリャ　（くよくよ案じながら）楽隊をやとったりして、払いはどうするつもりかしら？　（退場）
トロフィーモフ　（ピーシチクに）あなたが一生のあいだに利子を払う金の工面に費やしたエネルギーが、何かもしほかのことに向けられたとしたら、おそらくあなたはとどのつまり、地球をひっくり返すこともできたろうになあ。
ピーシチク　ニーチェがね……哲学者の……誰《だれ》しらぬ者もない、えら物《ぶつ》ちゅうのえら物の……あのすごい知恵者がな、その著述のなかで、にせ札は作ってもいいとか言っているが。
トロフィーモフ　あなたは、ニーチェを読んだんですか？
ピーシチク　いや、なに。……うちのダーシェンカが話してくれたのさ。ところで現在わたしは、ええ一つ、にせ札でも作ってやろうか、といった土壇場《どたんば》でな。……あさって三百十ループブリ払わにゃならん……百三十はやっとできたが……（ポケットをさわってみて、あわてて）金がなくなった！　金を落したぞ！　（泣き声で）どこへ行ったんだろう？　（嬉《うれ》しそうに）ああ、あった、服の裏へもぐりこんでいた。……やれやれ、冷汗が出たわい……

ラネーフスカヤとシャルロッタ登場。

ラネーフスカヤ（コーカサスの舞曲を口ずさむ）レオニードは、どうしてこう遅いのだろう？　町で何をしているのかしら？（ドゥニャーシャに）ドゥニャーシャ、楽隊の人にお茶をあげて……

トロフィーモフ　競売はお流れになったんですよ、きっとそうです。

ラネーフスカヤ　楽隊の来たのも折が悪かったし、舞踏会も生憎《あいにく》の時に開いたものだわ。……まあ、いいさ。……（腰かけて、そっと口ずさむ）

シャルロッタ（ピーシチクにカードを一組わたす）さあ、カードを一組あげましたよ。どれか一枚だけ、頭のなかで考えてください。

ピーシチク　考えました。

シャルロッタ　では、よく切ってください。大そう結構。こちらへ頂かしてください、おお、いとしいピーシチクさん。一《アイン》、二《ツワイ》、三《ドライ》！　さあ、捜してごらんなさい、その札はあなたの脇《わき》ポケットにあります……

ピーシチク（脇ポケットからカードを取りだす）スペードの八、まさにその通り！（驚嘆して）こりゃ、どうだ！

シャルロッタ　（手の平にカードを一組のせて、トロフィーモフに）早く言ってください、一ばん上のカードは？

トロフィーモフ　なにさ？　じゃ、スペードのクイン。

シャルロッタ　はい！　（ピーシチクに）では？　一ばん上のカードは？

ピーシチク　ハートのエース。

シャルロッタ　はい！　……（手の平を打つ、カードの一組きえ失《う》せる）さて、今日はなんていいお天気でしょう！（不可思議な女の声が、さながら床下からひびくように答える、――「ええ、ほんとに、いいお天気ですこと、奥さん」）あなたは、なんとも申しぶんのない、わたしの理想の人よ。……（声、――「わたしも、奥さん、あなたが大好きです」）

駅長　（拍手する）よう、腹話術の名人、ブラヴォー！

ピーシチク　（驚嘆して）こりゃ、どうだ！　いや、あなたは魔女か妖精《ようせい》か、シャルロッタさん……わしはすっかりあんたに惚《ほ》れましたよ……

シャルロッタ　惚れたですって？（肩をすくめて）あなたに恋ができまして？ Guter《グータ》 Mensch《メンシ》, aber《アーバ》 schlechter《シレヒタ》 Musikant《ムジカント》.（訳注　ドイツ語。「人はいいが音楽は下手」）

トロフィーモフ　（ピーシチクの肩をたたいて）まったく、なんて馬だろう、あんたは

……

シャルロッタ　では皆さん、もう一番、手品をご覧に入れます。（椅子《いす》から格子《こうし》縞《じま》の膝《ひざ》掛《か》けを取る）これは飛びきり極上の羅紗《ラシャ》でございます、これをお売りいたします……（振ってみせる）買いたい方はありませんか？

ピーシチク　（驚いて）こりゃどうだ！

シャルロッタ　アイン・ツワイ・ドライ！（おろした布をパッと上げる。布のうしろにアーニャが立っている。彼女は膝をかがめて会釈《えしゃく》をして、母親へ走り寄り、抱擁して、満座熱狂のうちに広間へ駆けもどる）

ラネーフスカヤ　（拍手して）ブラヴォー、ブラヴォー！

シャルロッタ　では、もう一番！　アイン・ツワイ・ドライ！（布を上げると、うしろにワーリャが立って、おじぎをする）

ピーシチク　（驚いて）こりゃ、どうだ！

シャルロッタ　はい、おしまい！（布をピーシチクに投げかけ、膝をかがめて会釈し、広間へ走り去る）

ピーシチク　（いそいで追いかけながら）この悪者……いやはや！　なんという！（退場）

ラネーフスカヤ　でも、レオニードはまだね。何を町でぐずぐずしてるんだろう、変だこと！　領地が売れたにしろ、競売がお流れになったにしろ、どっちみちケリがついているはずなのに、なんだっていつまでも知らせてくれないのかしら！
ワーリャ　（なだめようと懸命に）伯父さんが落札なすったのよ、きっとですわ。
トロフィーモフ　（冷笑的に）なるほどね。
ワーリャ　おばあさんから伯父さんへ、委任状が来ましたのよ——おばあさんの名義で買い戻《もど》して、借金は肩代りにするようにって。アーニャのために計らってくだすったんですわ。だからわたし、それが神さまに通じて、伯父さんが落札なさるに違いないと思うの。
ラネーフスカヤ　ヤロスラーヴリのおばあさまが、ご自分の名義で領地を買うようにって、送ってくだすったお金は一万五千ルーブリなのよ、——わたしたち信用がないんだわ、——そんなお金じゃ、利子の払いにも足りやしない。（両手で顔をおおう）今日こそ、わたしの運命のきまる日よ、運命の……
トロフィーモフ　（ワーリャをからかう）マダム・ロパーヒン！
ワーリャ　（怒って）万年大学生！　二度もう、大学を追い出されたくせに。
ラネーフスカヤ　何をおこるのさ、ワーリャ？　この人が、ロパーヒンのことでお前をからかったって、それがなんです？　嫁《い》きたければ――ロパーヒンの嫁になるがいいわ。あれは見どころのある、いい人間だもの。いやなら――嫁《い》かないがいいのさ。誰もお前を、束縛しやしない。……

ワーリャ　わたし正直に言えば、このことは真剣に考えていますの。あの人はいい人間で、わたし好きですわ。

ラネーフスカヤ　じゃ、嫁《い》ったらいいじゃない。何を待つことがあるの、気が知れないわ！

ワーリャ　だって、お母さん、自分であの人に申込みをするわけには行きませんもの。現にこの二年というもの、みんながわたしに、あの人のことを言うの、寄ってたかってね。ところがあの人は、黙っているか、冗談にまぎらしてしまうかですの。それもわかるわ。あの人はますますお金ができて、事業で忙しくて、わたしどころじゃないのよ。もしもわたし、お金があったら、――たとえ少しでも、せめて百ルーブリでもあったら、わたしは何もかもうっちゃって、身をかくしてしまうわ。尼寺へはいってしまうわ。

トロフィーモフ　そいつはすばらしい！

ワーリャ　（トロフィーモフに）大学生は、も少し利口なものよ！　（口調を柔らげて、泣き声で）なんてあなた、風采《ふうさい》が落ちたの、ペーチャ、なんて老《ふ》けてしまったのよ！（もう泣かずに、ラネーフスカヤ夫人に）ただね、こうして仕事をしないでいるのが辛《つら》いのよ、ママ。わたし、一分一秒、何かせずにはいられないの。

ヤーシャ登場。

ヤーシャ　（やっと笑いをこらえながら）エピホードフが、撞球棒《キュー》を折りました！……（退場）

ワーリャ　なんだってエピホードフがいるの？　誰があれに、玉突きをしろと言いました？　あの人たちの気が知れないわ。……（退場）

ラネーフスカヤ　あの子をからかわないでね、ペーチャ、ただでさえ、苦労の多い子なんですから。

トロフィーモフ　お節介すぎますよ、あの人は、ひとの事にまでくちばしを入れたりして。この夏じゅう、僕もアーニャもじつに悩まされた、――ふたりの間にロマンスでも起りゃしないかと、それがあのひと心配で堪《たま》らないんです。あの人の知ったことですか？　おまけに僕は、そんな気振《けぶ》りも見せないのにね。僕はそれほど俗悪じゃありませんよ。われわれは恋愛を超越してるんです！

ラネーフスカヤ　じゃ、きっと、わたしは恋愛以下なのね。（はげしい不安に駆られて）レオニードはどうしたんだろう？　領地が売れたかどうか、それだけでもわかればねえ！　わたし今度の災難が、あんまり嘘《うそ》みたいだもんだから、何を考えたものやら、見当さえつかずに、ぼおっとしているの。……今にもわたし、大声でわめきだすか……何か馬鹿《ばか》なまねをしそうだわ。わたしを助けて、ペーチャ。何か話をしてちょうだい、ね、何か……

トロフィーモフ　領地が今日売れようと売れまいと――同じことじゃありませんか？　あれとはもう、とっくに縁が切れて、今さら元へは戻りません、昔の夢ですよ。気を落ちつけてください、奥さん。いつまでも自分をごまかしていずに、せめて一生に一度でも、真実をまともに見ることです。

ラネーフスカヤ　真実をねえ？　そりゃあなたなら、どれが真実でどれがウソか、はっきり見えるでしょうけれど、わたし、なんだか眼《め》が霞《かす》んでしまったみたいで、何一つ見えないの。あなたはどんな重大な問題でも、勇敢にズバリと決めてしまいなさるけれど、でもどうでしょう、それはまだあなたが若くって、何一つ自分の問題を苦しみ抜いたことがないからじゃないかしら？　あなたが勇敢に前のほうばかり見ているのも、元をただせば、まだ本当の人生の姿があなたの若い眼から匿《かく》されているので、怖いものなしなんだからじゃないかしら？　わたしたちに比べれば、あなたはずっと勇敢で、正直で、深刻だけれど、もっとよく考えてね、爪《つめ》の先ほどでもいいから寛大な気持になって、わたしを大目に見てちょうだい。だってわたしは、ここで生れたんだし、お父さんもお母さんも、お祖父《じい》さんも、ここに住んでいたんですもの。わたしはこの家がしんから好きだし、桜の園のないわたしの生活なんか、だいいち考えられやしない。どうしても売らなければいけないのなら、いっそこのわたしも、庭と一緒に売ってちょうだい。……（トロフィーモフを抱きしめて、その額にキスする）坊やもここで、溺《おぼ》れ死んだんですものね。……（泣く）わたしを哀れと思って、ね、あなたは親切な、いい人ですもの。

トロフィーモフ　ぼくが心《しん》から同情してること、ご存じじゃないですか。

ラネーフスカヤ　そんならそれで、何かもっと、別の言い方があるはずだわ。……（ハンカチを取りだす拍子に、電報がゆかへ落ちる）わたし今日は気が重くてならない。この気持、とてもあなたにはわからないわ。ここは騒々しくって、物音一つするごとに、胸がドキリとする。からだじゅう、ふるえてくる。でも、居間へ引っこむわけにもいかない。静かなところに、一人でいるのはやりきれないもの。わたしを責めないでね、ペーチャ。……わたしあなたが好きで、他人のような気がしない。あなたにならわたし喜んでアーニャを上げるわ、ほんとによ。でもただね、あなたは勉強しなくちゃ駄目《だめ》、卒業しなくちゃね。あなたはなんにもせずに、運命のままにふらふらしてなさるけれど、ほんとに妙だわ。……そうじゃなくて？　ね？　それに、その顎《あご》ひげだって生やすなら生やすで、も少しなんとかしなくちゃねえ。……（笑う）可笑《おか》しな人！

トロフィーモフ　（電報を拾って）僕は好男子になりたかありません。

ラネーフスカヤ　これ、パリから来た電報なの。毎日くるのよ。きのうも今日も。あのガムシャラ屋さんは、また病気になって、工合がわるいの。……どうぞ赦《ゆる》してくれ、どうぞ帰って来てくれ、と言うんだけれど、考えてみればやっぱり、わたしパリへ行って、あの人のそばにいてやるのが本当なのね。あなたは、むずかしい顔をしてるけれど、ねえペーチャ、わたし、どうしようもないじゃないの！　あの人は病気で、一人ぼっちで、辛い目にあってるというのに、誰があの人の世話をするの、誰があの人にケガのないようにお守《も》りをするの、誰が時間どおりに薬をのませるの？　今さら包みかくしたところでしようはないわ、わたしあの人を愛しています、そりゃ明白よ。愛している、愛してますとも。……それはわたしの頸《くび》に結えつけられた重石《おもし》で、その道づれになってわたしは、ぐんぐん沈んで行くけれど、やっぱりその重石が思いきれず、それがないじゃ生きて行けないの。（トロフィーモフの手を握る）悪く思わないでね、ペーチャ、わたしに何も言わないで、ね、言わないで……

トロフィーモフ　（涙ごえで）率直に言わせてください、お願いです。あの男は、あなたからすっかり捲《ま》きあげたじゃないですか！

ラネーフスカヤ　いや、いや、いや、それを言わないで……（両耳をふさぐ）

トロフィーモフ　あいつは碌《ろく》でなしです、それを知らないのはあなただけだ！　あいつはケチなやくざ野郎で、虫けらみたいな……

ラネーフスカヤ　（ムッとするが、じっとこらえて）あなたは二十六か七のはずね。だのに、まるで中学の二年生みたい！

トロフィーモフ　かまやしません！

ラネーフスカヤ　もっと大人にならなけりゃ駄目よ。あなたの年になれば、恋をする人の気持ぐらい、わからなければね。そして自分も恋をしなくてはね……夢中になってね！（腹だたしげに）そうよ、そうですとも！　あんただって、純潔なんかあるもんですか。ただ気どってるだけよ、滑稽《こっけい》な変り者よ、片輪よ……

トロフィーモフ　（呆気《あっけ》にとられて）何を言うんだ、この人は！

ラネーフスカヤ　「恋愛を超越してる」ですって！　超越するどころか、あんたはうちのフィールスの言うように、この出来そこねえめ、ですよ。その年をして、恋人ひとりいないなんて！　……

トロフィーモフ　（仰天して）こりゃ、ひどい！　何を言い出すんだ?!（頭をかかえて、広間へ急ぐ）まったくひどい。……とてもたまらん、僕は行こう……（退場。しかしすぐ戻って来て）もうあなたとは絶交です！（次の間へ退場）

ラネーフスカヤ　（うしろから叫ぶ）ペーチャ、待ってちょうだい！　おかしな人ね、ちょっと冗談いっただけじゃないの！　ペーチャ！

次の間の階段を、誰かが大急ぎで登って行く足音がし、とつぜんドシンと落ちる音がする。アーニャとワーリャの叫び声。しかしすぐ笑い声になる。

ラネーフスカヤ　おや、どうしたんだろう？

アーニャが駆けこむ。

アーニャ　（笑いながら）ペーチャがね、階段から落っこちたの！（走り去る）

ラネーフスカヤ　なんておかしな人だろう、あのペーチャは……

駅長が広間の真ん中に立ちどまって、Ａ・Ｋ・トルストイの『罪の女』（訳注　ロシア十九世紀の詩人・劇作家トルストイの叙事詩。次にその数行を例示する。――「若き罪の女は、杯をほしつつ、／その間に坐せり。／そのきらびやかのよそおいは／人みなの目をうばう、／その毒々しき髪かざりは／罪の女のなりわいを語る」）を朗読する。一同謹聴するが、何行も読まないうちに次の間からワルツのひびきが流れてきて、朗読は中絶する。一同おどる。次の間から、トロフィーモフ、アーニャ、ワーリャ、ラネーフスカヤが出てきて、舞台にかかる。

ラネーフスカヤ　ねえ、ペーチャ……その純潔な心で、わたしを赦してちょうだい、……さ、一緒に踊りましょう。……（ペーチャと踊る）

アーニャもワーリャも踊る。
フィールスがはいってきて、自分の杖《つえ》を横手のドアのそばに立てかける。ヤーシャも客間からはいって来て、ダンスを見物する。

ヤーシャ　どうした、爺《じい》さん？

フィールス　加減がわるくてな。昔はうちの舞踏会といやあ、将軍さまだの男爵《だんしゃく》だの提督閣下だのが踊りに来なすったもんだが、それが今じゃ、郵便のお役人だの駅長だのを迎えにやって、それさえいい顔をして来やしない。どうもわしも、めっきり弱くなったよ。亡《な》くなった大旦那《おおだんな》さまは、みんなの病気を、いつも封蠟《ふうろう》で療治なすったものだ。今でもわしは、毎にち封蠟をのんでるが、これでもう二十六年か、その上にもなるかな。わしがこうして生きているのは、そのおかげかも知れんて。
ヤーシャ　お前さんの話にも、あきあきするよ、爺さん。（あくび）いっそさっさと、くたばっちまえばいいになあ。
フィールス　ええ、この……出来そこねえめが！（ぶつぶつ呟《つぶや》く）

トロフィーモフとラネーフスカヤが広間で踊り、やがて客間で踊る。

ラネーフスカヤ　ありがとう《メルシ》。わたし、ちょっと休みます。……（腰かける）疲れたわ。

アーニャ登場。

アーニャ　（わくわくして）いま台所で、どこかの人が、桜の園は今日、売れてしまったと話していたわ。
ラネーフスカヤ　誰《だれ》が買ったの。
アーニャ　誰とも言わずに、行ってしまったの。（トロフィーモフと踊る。ふたり広間へ

去る）
ヤーシャ　それはね、どこかの爺さんがしゃべってたんでさあ、よそもんでしたがね。
フィールス　旦那さまは、まだ見えない、まだお帰りがない。外套《がいとう》は、薄い合着を召してお出かけだったが、もしや風邪でもお引きにならなけりゃいいが、いやはや、若い人というもんは！
ラネーフスカヤ　わたし、今にも死にそうだ。ヤーシャ、向うへ行って聞いてきておくれ、誰が買ったのだか。
ヤーシャ　でも、とっくに行ってしまいましたよ、その爺さんは。（笑う）
ラネーフスカヤ（いささかムッとして）まあ、何を笑うの、お前は？　何が嬉《うれ》しいの？
ヤーシャ　あんまり、エピホードフのやつがおかしいもんで。いや、つまらん男で。二十二の不仕合せ。
ラネーフスカヤ　フィールス、この領地が売れてしまったら、おまえどこへ行くつもり？
フィールス　仰《おお》せのままに、どこへでも参ります。
ラネーフスカヤ　お前、どうしてそんな顔をしてるの？　加減でも悪いの？　向うへ行って、やすんだらどう？　……

フィールス　へえ。……（にやりと笑って）そりゃ、さがって休むのも宜《よろ》しいけれど、あとは誰が給仕をいたします。誰が采配を振ります？　うちじゅうに、一人でございますよ。

ヤーシャ　（ラネーフスカヤ夫人に）奥さま！　じつはお願いの筋がありますんですが、どうぞお聞きになってください！　もしまたパリへお出かけになるようでしたら、後生でございます、わたしにお伴《とも》させてくださいまし。ここにおりますことは、絶対に不可能なんでして。（あたりを見まわし、声をひそめて）今さら申上げるまでもなく、ご自身とうにご存知のとおり、何しろ無教育な国で、民衆は品行がわるいし、それに退屈で、お勝手の食べ物ときたら目もあてられませんし、おまけにあのフィールスのやつが、うろうろしおって、色々と愚にもつかんことを、ぼそついておりますしねえ。わたしをお連れくださいまし、お願いでございます！

ピーシチク登場。

ピーシチク　どうぞ奥さん……ワルツを一番ねがいます……（ラネーフスカヤ、彼と歩きだす）天女のような奥さん、とにかく百八十ルーブリは拝借しますよ……。ぜひ

拝借しますよ……（踊る）百八十ルーブリ……（広間へ移る）

ヤーシャ（そっと口ずさむ）「きみ知るや、わが胸のこの痛み……」

広間で、灰色のシルクハットに格子縞《こうしじま》のズボンをはいた人物が、両手を振ったり跳ねあったりする。「ブラヴォー、シャルロッタさん、大出来、シャルロッタさん！」と口ぐちに叫ぶ。

ドゥニャーシャ（立ちどまって、白粉《おしろい》をはたく）お嬢さまったら、あたしにも踊れって仰《おっ》しゃるのよ——殿がたは大勢なのに、婦人が少ないからって。——でもあたし、踊ったおかげで目まいがするわ、心臓がどきどきするわ。ちょいとフィールスさん、今しがた郵便のお役人さんが、あたしに大変なことを仰しゃったの、あたし息がとまりそうになっちゃった。

音楽がしずまる。

フィールス　なんと仰しゃったかい？

ドゥニャーシャ　あんたは花のようだ、ですって。

ヤーシャ（あくび）無学な連中だ……（退場）

ドゥニャーシャ　花のようだ、ですって。……あたし、そりゃデリケートな娘だもので、うっとりするような言葉が大好き。
フィールス　そろそろおっぱじめるな、お前さんも。

エピホードフ登場。

エピホードフ　ああ、ドゥニャーシャさん、あなたは僕《ぼく》を見るのが、さも厭《いや》そうですね……虫けらかなんぞのように。（ため息をつく）あわれ人生よ、だ！
ドゥニャーシャ　何のご用ですの？
エピホードフ　もちろんそりゃ、あなたの方が正しいのかも知れない。（嘆息する）しかし無論ですな、その……ある観点からすると、あなたという方は、まあ率直に言わせて頂くとですな、要するに僕を、こんな精神状態に落し入れてしまったと、あえて言わざるを得んのです。僕は自分の宿命を承知している。僕の身には、毎日かならず何かしら不仕合せが起るし、僕はもうとうに馴《な》れっこになって、おのれが運命を微笑をもって眺《なが》めています。要するにですな、あなたは一たん約束された。で、よしんば僕が……
ドゥニャーシャ　どうぞそのお話は、のちほどに願いますわ。今はあたしを、そっと

しておいてちょうだい。だって、空想してるんですもの。（扇をもてあそぶ）

エピホードフ　僕は毎日不仕合せにぶつかります。しかし僕は、あえて言えばですな、ただ微笑しています、いや、ハッハッハと笑ってさえいます。

広間からワーリャ登場。

ワーリャ　お前まだここにいたの、エピホードフ？　ほんとに、なんていい加減な人間だろう。（ドゥニャーシャに）お前もあっちへおいで、ドゥニャーシャ。（エピホードフに）玉突きをしてキューを折ったかと思えば、お客さま面《づら》をして客間を歩きまわったりして。

エピホードフ　こう申しては失礼ですが、あなたからお小言を頂く筋合いはありません。

ワーリャ　小言なんか言ってやしない、話をしているんだよ。することと言ったら、仕事はそっちのけで、ふらふら歩きまわることばかり。せっかく執事をやとっても、なんのためやら――わかりゃしない。

エピホードフ　（ムッとして）わたしが仕事をしようと、歩きまわろうと、食べようと、玉を突こうと、それについてとやかく仰しゃれるのは、物のわかった人か目上のかただけですよ。
ワーリャ　よくも言えたね、わたしにそんなことが！（カッとなって）言ったわね？　つまりわたしが、わからずやだと言うんだね？　とっとと出てくがいい！　さあ今すぐ！
エピホードフ　（怖気《おじけ》づいて）もう少々その、デリケートな言葉で、どうぞ。
ワーリャ　（われを忘れて）さっさと出てけったら！　さ、出てけ！　（エピホードフがドアの方へ行くのを、彼女は追う）二十二の不仕合せめ！　お前のにおいがプンとでもしたら承知しないよ！　二度とその顔を見せてもらうまい！　（エピホードフ退場。ドアの向うで、「あなたのことを、言いつけますからね」という彼の声がする）おや、また返って来るんだね？　（フィールスがドアのそばに立てかけておいた杖をつかむ）さあ来い……来るならおいで、目にもの見せてやるから。……来るんだね？　え、来るんだね？　よおし、こうしてやる……（杖をふりあげる、とたんにロパーヒン登場）
ロパーヒン　これはどうも恐縮。
ワーリャ　（怒りと嘲笑《ちょうしょう》をまぜて）失礼！
ロパーヒン　どうしまして。結構なご馳走《ちそう》で、あつくお礼を。
ワーリャ　礼には及びません。（その場から離れ、やがて振りかえって、やさしく尋ねる）

お怪我《けが》はなかったかしら？
ロパーヒン　いや、なあに。もっとも、でっかい瘤《こぶ》ぐらいできそうですがね。
広間の声々　ロパーヒンが来た！　ロパーヒンさんだわ！
ピーシチク　いよう、これはこれは、ようこそご入来《じゅらい》……（ロパーヒンにキスする）この可愛《かわい》い男は、ちょっぴりコニャックの匂《にお》いがするな、おい君。われわれもこの通り、愉快にやっとるよ。

ラネーフスカヤ夫人登場。

ラネーフスカヤ　まあ、あなたでしたの、ロパーヒンさん？　どうしてこんなに遅かったの？　レオニードはどうしまして？
ロパーヒン　お兄さまも、一緒に戻《もど》られました。すぐ見えます……
ラネーフスカヤ（わくわくしながら）で、どうでしたの？　競売はありまして？　さ、話してちょうだい！
ロパーヒン（嬉しさを外へ出すまいとして、しどろもどろに）競売は四時ちかくに終りました。……わたしたちは汽車に乗りおくれたもので、九時半まで待たにゃならなかったんです。（苦しそうに息をついて）ふうっ！　すこし頭がぐらぐらする……

ガーエフ登場。右手には買物をさげ、左手で涙をふいている。

ラネーフスカヤ　リョーニャ、どうだったの！　ねえ、リョーニャ！（じりじりして、涙ぐんで）早くして、後生だから……

ガーエフ　（一言も答えず、ただ片手を振る。泣きながらフィールスに）これを取ってくれ。……アンチョビイと、ケルチ（訳注 クリミア半島の東端）のニシンとだ。……わたしは今日、なんにも食べなかったよ。……ああ、まったくひどい目に会った！（玉突き部屋へのドアがあいていて、球の音と、ヤーシャが「七と十八！」という声がきこえる。ガーエフの表情が変って、もう泣かずに）いやもう、へとへとだ。なあフィールス、着がえさせてくれ。（広間を抜けて自分の居間へ去る。フィールスつづく）

ピーシチク　どうだったね、競売は？　話してくれよ、さあ！

ラネーフスカヤ　売れたの、桜の園は？

ロパーヒン　売れました。

ラネーフスカヤ　誰が買ったの？

ロパーヒン　わたしが買いました。（間）

ラネーフスカヤ夫人、がっくりとなる。もし肘《ひじ》かけ椅子《いす》とテーブルのそばに立っていなかったら、倒れたにちがいない。ワーリャはバンドから鍵束《かぎたば》をはずし、それを客間中央の床へ投げつけて退場。

ロパーヒン　わたしが買ったんです！　ちょっと待ってください、皆さん、お願いです。わたしは頭がぼおっとしてしまって、ものが言えないんです。……（笑う）わたしたちが競売場に着いてみると、デリガーノフはもう来ていました。ガーエフさんには、たった一万五千しかないのに、あのデリガーノフはいきなり、抵当額の上に三万と吹っかけてきました。こいつはいかんと思って、わたしはやつを向うにまわして、四万と打って出た。向うは四万五千とくる。そこでこっちは五万五千。つまり、やつは五千ずつ上げてくるのに、わたしは一万ずつ上げて行った。……やがて、ケリがついた。抵当額の上に、わたしは九万と踏んばって、まんまと落したんです。桜の園は、もうわたしのものだ！　わたしのものなんだ！（からからと笑う）ああどうしたことだ、皆さん、桜の園がわたしのものだなんて！　言いたいなら言うがいい、わたしが酔っているとでも、気が変だとでも、夢を見てるんだとでも……（足を踏み鳴らす）わたしを笑わないでください！　うちの親父《おやじ》や祖父《じい》さんが、墓の下から出てきて、この始末を見たらどうだろう。あのエルモライが、なぐられてばかりいた、字もろくすっぽ書けないエルモライが――冬でもはだしで駆けまわっていたあの餓鬼が、まぎれもないそのエルモライが、世界じゅうに比べものもない美しい領地を、買ったのだ。そこでは親父も祖父さんも奴隷《どれい》だった、台所へさえ通しちゃもらえなかった、その領地をわたしが買ったのだ。わたしが寝ぼけてるって、ただの夢だって、……気の迷いだって。……とんでもない、それこそあなたがたの得手勝手《えてかって》な想像の、無知のやみに包まれた産物《まぼろし》なのだ。……（鍵束を拾いあげ、うっとりほほえみながら）鍵を投げてったな。もうここの主婦ではないというところを、見せようっていうんだな。……（鍵束をがちゃつかせる）ふん、まあどっちでもいい。（オーケストラの調子を合せる音がきこえる）おおい、楽隊、やってくれ、おれが聴いてやるぞ！　みんな来て見物するがいい、このエルモライ・ロパーヒンが桜の園に斧《おの》をくらわせるんだ、木がばたばた地面へ倒れるんだ！　どしどしここへ別荘を建てて、うちの孫や曾孫《ひいまご》のやつらに、新しい生活を拝ませてやるぞ。……楽隊、やってくれ！

音楽がはじまる。ラネーフスカヤ夫人は椅子に沈みこんで、はげしく泣く。

ロパーヒン　（責めるように）一体なぜ、なんだってあなたは、わたしの言うことを聴かなかったんです？　わたしの大事な奥さん、お気の毒ですが、今となってはとり返しがつきません。（涙ぐんで）ああ早く、こんなことが過ぎてしまえばいい。なんとかして早く、今のようながたぴしした、面白《おもしろ》くもない生活が、がらりと変ってしまえばいい。

ピーシチク　（彼の腕をかかえて、小声で）この人は泣いてるよ。な、広間へ行こう、一人にしてあげたほうがいい。……行こうや。……（腕をかかえて。広間へ連れ去る）

ロパーヒン　どうしたんだ？　楽隊、しっかりやらんか！　なんでも、おれの注文どおりやるんだ！（皮肉に）新しい地主のお通りだ、桜の園のご主人さまのな！（うっかり小テーブルにぶつかり、枝付燭台《しょくだい》をひっくり返しそうになる）なんでも代は払ってやるぞ！（ピーシチクとともに退場）

広間にも客間にも、ラネーフスカヤ夫人のほか誰もいない。彼女は腰かけたなり、全身をすぼめて、はげしく泣いている。ひそやかな奏楽の音。いそぎ足でアーニャとトロフィーモフ登場。アーニャは母のそばへ寄り、その前にひざまずく。トロフィーモフは、広間の入口に立つ。

アーニャ　ママ！　……泣いてらっしゃるの、ママ？　いとしい、親切な、やさしい、ママ。わたしの大事なママ、わたしあなたを愛していますわ。……わたし、お祝いを言いたいの。桜の園は売られました、もうなくなってしまいました。それは本当よ、本当よ。でも泣かないでね、ママ、あなたには、まだ先の生活があるわ。そのやさしい、清らかな心もあるわ。……さ、一緒に行きましょう、出て行きましょうよ、ねえ、ママ、ここから！　……わたしたち、新しい庭を作りましょう、これよりずっと立派なのをね。それをご覧になったら、ああそうかと、おわかりになるわ。そして悦《よろこ》びが——静かな、ふかい悦びが、まるで夕方の太陽のように、あなたの胸に射《さ》しこんできて、きっとニッコリお笑いになるわ、ママ！　行きましょう、ね、大事なママ！　行きましょうよ！　……

——幕——

第四幕

舞台は第一幕に同じ。ただし窓のカーテンも壁の画《え》もなく、残っている僅《わず》かの家具も一隅《いちぐう》に積みかさねられて、さしずめ売物とでもいった形。がらんとした感じがする。出口のドアのそばと舞台の裏とに、トランクや旅行用の包みなどが、積みかさねてある。左手のドアは開けはなしで、そこからワーリャとアーニャの声がきこえる。ロパーヒンが立って、待ち受けている。ヤーシャは、シャンパンのついである小さなグラスを並べた盆をささげている。次の間ではエピホードフが、箱に縄《なわ》をかけている。舞台裏手で、がやがやいう声。百姓たちが、お別れに来ているのだ。ガーエフの声で、「いやありがとう、みんな、どうもありがとう」

ヤーシャ　下じもの連中が、お別れにやって来た。わたしはね、こういう意見なんですが、ロパーヒンさん、民衆は善良だけれど、どうも物わかりが悪いとね。

騒ぎが静まる。次の間を通って、ラネーフスカヤとガーエフが登場。彼女は泣いてはいないが、真《ま》っ蒼《さお》で、顔がぴくぴくふるえて、口が利《き》けない。

ガーエフ　お前はあの連中に、財布をやっちまったね、リューバ。それじゃいかん！　それじゃいかんよ！

ラネーフスカヤ　わたし駄目《だめ》なの！　わたし駄目なんだもの！

ふたり退場。

ロパーヒン　（ドアの口から、ふたりの後ろへ）どうぞこちらへ、お願いします！　お別れにほんの一杯。うっかり町から持って来るのを忘れたもので、停車場でやっと一本だけ見つけました。さあどうぞ！　（間）これは、皆さん！　おいやですか？　（ドアの口から離れる）そうと知ったら――買うんじゃなかった。じゃ、わたしも飲むのはよそう。（ヤーシャは用心しいしい盆をテーブルに置く）ヤーシャ、せめてお前でも飲んでくれ。

ヤーシャ　旅立ちを祝します！　残られる方がたもご息災で！　（飲む）このシャンパンは、本物じゃありませんぜ。うけあいでさあ。

ロパーヒン　一本八ルーブリしたがな。（間）ここは、やけに寒いなあ。

ヤーシャ　今日は焚《た》かなかったんでね、どうせ行っちまうんですからね。（笑う）

ロパーヒン　何がおかしいんだ？

ヤーシャ　つい嬉《うれ》しくってね。

ロパーヒン　もう十月だというのに、そとは日が照って、おだやかで、まるで夏みたいだ。普請《ふしん》には打ってつけだな。(時計を出してみて、ドアの口へ)皆さん、よろしいですか、発車までに四十七分しかありませんよ！　すると、二十分したら停車場へお出かけになるわけです。少々お急ぎ願いますよ。

トロフィーモフが、外套《がいとう》をきて外からはいってくる。

トロフィーモフ　そろそろ出かける時間らしいな。馬車も来ている。だが癪《しゃく》だな、僕《ぼく》のオーバーシューズはどこなんだ。消えてなくなっちまったよ。(ドアの口へ)アーニャ、ぼくのオーバーシューズがないんです！　見つからないんです！

ロパーヒン　わたしは、ハリコフへ行かなければならん。君たちと同じ汽車にするよ。ハリコフで、この一冬こすのさ。わたしはだいぶ長いこと、おつきあいでぶらぶらしていて、仕事にならんで閉口したよ。働かずにゃいられない性分でね、第一この両手の始末にこまるんだ。なんだか妙にこうブランブランして、まるで他人の手みたいだ。

トロフィーモフ　おっつけ、みんな行っちまいますよ。そこでまた有益な事業とやらに、着手なさるがいいさ。

ロパーヒン　どう、一杯やらないかね。

トロフィーモフ　いや、結構。

ロパーヒン　じゃ、こんどはモスクワかね？

トロフィーモフ　そう、皆さんを町まで送って行って、あしたはモスクワだ。

ロパーヒン　なるほど。……まあいいさ、大学の先生はみんな、君の来るまで、講義をせずに待ってるだろうからな！

トロフィーモフ　よけいなお世話だ。

ロパーヒン　君は一体、大学に何年いるんだね？

トロフィーモフ　何かもっと、新しい手を考えたらどうだい？　その手は古いし、平凡だよ。（オーバーシューズをさがす）ねえ君、僕たちはこれで、おそらく二度と会う時はあるまい。そこで一つ君に、お別れの忠告をさせてもらいたいんだがね――両手を振りまわすな、これさ！　そのぶんぶん振りまわす癖を、ひとつやめるんだね。こんどの別荘建築案にしてもそれだ。やがてその別荘の連中が、だんだん独立した農場主になって行くだろうなんてソロバンをはじくこと――そんな目算を立てることがそもそも、両手を振りまわすことなんだよ。……まあそれはそれとして、僕はやっぱり君が好きだ。君は役者か音楽家にでもありそうな、やさしい華奢《きゃしゃ》な指をしている。そして君の心もちも、根はやさしくて華奢なんだよ。

……

ロパーヒン　（彼を抱いて）じゃこれでお別れだ、ペーチャ君。いろいろありがとう。もしいるんだったら、道中の費用に少し持って行かんかね。

トロフィーモフ　なんだって僕に？　いらないよ。

ロパーヒン　だって、ないじゃないか！

トロフィーモフ　あるさ。お志はありがとう。ぼくは翻訳料をもらったんだ。ちゃんとこのポケットにある。（心配そうに）しかし、オーバーシューズがないんだ！

ワーリャ　（隣の部屋から）さっさと持ってって頂だい、この汚ならしいもの！（ゴムのオーバーシューズを一足、舞台へほうり出す）

トロフィーモフ　何をそう怒るんです、ワーリャ？　ふん……こりゃ僕の〔オーバーシューズ〕じゃない！

ロパーヒン　わたしはこの春、ケシを千町歩まいてね、今それで純益が四万あがった。そのケシが咲いた時にゃ、なんとも言えん眺《なが》めだったよ！　まあそんなわけで、四万もうけたから、それでつまり貸したげようというのさ。できることだから言うのだ。何もそう乙に構えなくてもいいじゃないか？　わたしは百姓だ……ざっくばらんさ。

トロフィーモフ　君の親父《おやじ》が百姓で、僕の親父が薬屋だった、——といったところで、別にどうもこうもありゃしない。（ロパーヒン紙入れを取りだす）やめてくれ、やめて。……たとえ二十万だしたって、受けとらないから。僕は自由な人間なんだ。君たちみんなが、金持も貧乏人も一様にありがたがって、へいつくばる物なんか皆、ぼくにとっちゃこれっぽっちの権威もない。空中にふわふわしている綿毛も同然さ。僕は、君たちの世話にはならん、君たちがいなくたって立派にやって行ける。僕は強いんだ、誇りがあるんだ。人類は、この地上で達しうる限りの、最高の真実、最高の幸福をめざして進んでいる。僕はその最前列にいるんだ！

ロパーヒン　行き着けるかね？

トロフィーモフ　行き着けるとも。（間）自分で行き着くか、さもなけりゃ、行き着く道をひとに教えてやる。

遠くで、桜の木に斧《おの》を打ちこむ音がきこえる。

ロパーヒン　じゃ君、ご機嫌《きげん》よう。もう出かける時刻だ。われわれお互いに、高慢そうな鼻つき合せちゃいるけれど、時は遠慮なく、どんどん過ぎて行く。長いあいだつめて、疲れも知らず働いていると、わたしは頭のシコリがとれて、自分がなんのため生きているのか、それがわかるような気がする。それにしても君、このロシアにゃ、なんのためとも知れず生きている人間が、ずいぶんいるなあ。いや、まあどうでもいい、問題の流通《サーキュレーション》（訳注 聞きかじりの外来語をもちだしたおかしみ）は、そこにはないのさ。世間のうわさじゃ、ガーエフさんが職に就いたとかだ。銀行で、年に六千というんだが……。ただ、続きそうもないな、あの不精《ぶしょう》もんじゃあ……

アーニャ （ドアの口で）ママのお願いなんだけど、出かけるまでは、庭の木《き》を伐らないでくださいって。

トロフィーモフ ほんとにそうだ、君も気が利かないじゃないか。……（次の間を通って退場）

ロパーヒン ただ今、ただ今。……なんという奴《やつ》らだ、まったく。（彼につづいて退場）

アーニャ フィールスを病院へ送ったの？

ヤーシャ 今朝そう言っときましたから、送ったものと思われます。

アーニャ （広間を通って行くエピホードフに）エピホードフさん、フィールスを病院へ送ったかどうか、ちょっと調べてちょうだいな。
ヤーシャ　(ムッとして) 今朝エゴールに言っときましたったら。何を十ぺんも訊《き》くことがあるんです！
エピホードフ　ご老体のフィールスは、結局ぼくの意見によるとですな、もう修繕が利きません。先祖代々のところへ行くんですな。僕としては、ただただ羨望《せんぼう》に堪えんですよ。(トランクを、帽子のボール箱の上へ置いて、つぶしてしまう) ほらこれだ、つまり結局。どうせそうだろうと思ってたよ。(退場)
ヤーシャ　(あざけるように) 二十二の不仕合せめ……
ワーリャ　(ドアの向うで) フィールスを病院へ送ったの？
アーニャ　送りました。
ワーリャ　なんだって、ドクトル宛《あて》の手紙を持って行かなかったんだろう？
アーニャ　それじゃ、追っかけて持たせてやらなけりゃ……(退場)
ワーリャ　(隣の部屋から) ヤーシャはどこ？　おっ母さんがお別れに来てるって、そう言ってちょうだい。
ヤーシャ　(片手を振る) ちえっ、うんざりさせやがるなあ。

ドゥニャーシャは、ずっと荷物のまわりであくせくしていたが、今ヤーシャが一人になったのを見すまし、そばへ寄る。

ドゥニャーシャ　ちらりと一目ぐらい、見てくれたっていいじゃないの、ヤーシャ。あなたは行ってしまうのね……あたしを捨てるのね……（泣きながら、男の首にすがりつく）

ヤーシャ　何を泣くんだ？（シャンパンを飲む）六日すりゃ、おれはまたパリだ、あした特急に乗りこんで、目にもとまらずフッ飛ばすんだ。なんだか本当にできないくらいだ。ヴィーヴ・ラ・フランス（訳注　フランス万歳！）か！……ここはどうも性に合わないよ、とても暮して行けない……まあ仕方がないさ。無学な連中も、見あきるほど見たし――もうげんなりだよ。（シャンパンを飲む）なんの泣くことがあるんだね？身もちさえよくすりゃ、泣くことにもならんのさ。

ドゥニャーシャ（懐中鏡を見ながら白粉《おしろい》をはたく）パリからお便りをくださいね。あたしあんたが、あんなに好きだったんだもの、ヤーシャ、あんなに好きだったんだもの！　あたし華奢な女なのよ、ヤーシャ！

ヤーシャ　おい、誰《だれ》か来るぜ。（トランクのそばを、さも忙しそうに立ち回り、小声で鼻唄《はなうた》

をうたう）

ラネーフスカヤ、ガーエフ、アーニャ、シャルロッタ登場。

ガーエフ　そろそろ出かけなくちゃ。もう幾らもないぞ。（ヤーシャを見て）誰だい、ニシンの臭《にお》いをぷんぷんさせる奴は？

ラネーフスカヤ　十分ほどしたら、馬車に乗りこみましょうね。……（部屋をぐるりと見まわす）さようなら、なつかしい家《うち》、昔なじみの家の精《おじいさん》。冬がすぎて春になると、お前はもういなくなる、こわされてしまう。この壁も、いろんなことを見てきたのねえ！（娘に熱くキスする）わたしの大事なアーニャ、おまえはキラキラ光っているわ。二つのダイヤモンドのように、お前の眼《め》はきらめいているわ。嬉しいの？そんなに？

アーニャ　ええ。とても！　新しい生活が始まるんですもの、ママ！

ガーエフ　（浮き浮きして）まったく、これでやっと万事めでたしさ。桜の園の売れちまうまでは、われわれは始終わくわくして、えらい苦労だったものだが、こうして問題がきっぱり決着して、もうどうもならんとなってからは、みんな気持が落ちついて、かえって陽気になったくらいだ。……わたしは銀行の勤め人で、今やいっぱしの財政家だ……黄玉は真ん中へ、さ。そしてリューバ、おまえだって、なんのかのと言うけれど、とにかく血色がよくなったよ、それは確かだ。
ラネーフスカヤ　ええ。神経はだいぶ収まりました、それは本当よ。（召使の手から帽子と外套を受けとる）よく寝られるようになったわ。わたしの荷物を運び出しておくれ、ヤーシャ。もう時間だわ。（アーニャに）それじゃアーニャ、近いうちに会いましょうね。……わたしはパリへ行って、ヤロスラーヴリのおばあさまが領地を買いもどせと送ってくだすった、あのお金で暮すつもり——おばあさまも、どうぞお達者でね！　——でも、あのお金だって、長くはもつまいよ。
アーニャ　ママ、じきに帰ってらっしゃるんでしょう、じきに……ね、そうでしょう？　わたしは、勉強して、女学校の検定試験をとおって、それから働いて、ママの暮しを助《たす》けるわ。そうしたらママ、一緒に色んな本を読みましょうね。……そうじゃなくて？　（母の両手にキスする）ふたりで、秋の夜長に読みましょうね。どっさり読みましょうね。するとわたしたちの前に、新しい、すばらしい世界がひらけるんだわ。……（夢想する）ママ、帰ってらしてね……
ラネーフスカヤ　帰って来ますよ、可愛《かわい》いおまえのところへ。（娘を抱きしめる）

ロパーヒン登場。シャルロッタはそっと小曲を歌っている。

ガーエフ　シャルロッタはいいなあ、歌なんか歌ってる！

シャルロッタ　（くるまれた赤んぼのような格好をした包みをかかえて）わたしの赤ちゃん、ねんねんよう……（オギャア、オギャア！　……という泣き声がする）おお、よしよし、いい子、いい子。（オギャア！　……オギャア！　……）可哀《かわい》そうに、誰が誰が！　（包みを元の場所へ投げだす）だからあなた、お願い、勧め口をさがしてちょうだいよ。これじゃ、どうしようもないわ。

ロパーヒン　さがしたげますよ、シャルロッタさん、大丈夫です。

ガーエフ　みんな、われわれを捨ててくんだな、ワーリャも行っちまうし……どうもとたんに、用なしの人間になっちまった。

シャルロッタ　町にはわたし、住むうちもないし。出てかなきゃならないわ。……（小曲を口ずさむ）どうせ同じことさ……

ピーシチク登場。

ロパーヒン　よう、天然記念物！　……

ピーシチク　（息を切らして）やれやれ、まあ一息つかしてください……へとへとだ。……皆さん、ご機嫌……。水をいっぱい……

ガーエフ　どうせまた金のことだろう？　桑原桑原、まっぴらご免……（退場）

ピーシチク　久しくごぶさたしましたなあ……奥さん……（ロパーヒンに）君もいたのか……こいつは嬉しい……よう、天下一の知恵ぶくろ……取ってくれ……まあこれを。……（ロパーヒンに金を渡す）四百ルーブリだ……あとまだ八百四十、借りになってるが……

ロパーヒン　（けげんそうに肩をすくめる）こりゃ夢のようだ。……一体どこで手に入れたんだね？

ピーシチク　まあ待ってくれ……暑い……。前代未聞《ぜんだいみもん》の大事件なんだ。わしのところへイギリス人どもがやって来てね、地面から何か古い粘土を見つけたのさ。……（ラネーフスカヤ夫人に）あなたにも四百……な、天人のような奥さん。……（金をわたす）あとはまた後ほど。（水を飲む）今しがた、どこかの若い男が汽車の中で話しておったが、なんとかいう……偉大な哲学者は、屋根から飛びおりろ、と勧めておるそうだ……「飛びおりろ！」――それだけのことだ、とな。（仰天したように）こりゃどうだ！　水を一杯！　……

ロパーヒン　イギリス人って、いったい何者かね？

ピーシチク　とにかくその連中に、粘土の出る地面を向う二十四年間、貸したんだ。……ところで今は、申しわけないが暇がない……話の先を急ぐんでね。……これから、ズノイコフのところへ行く……それからカルダーモノフのところへもね。……みんな借りがあるのさ。……（飲む）ではこれで失礼。……木曜にまた伺います……

ラネーフスカヤ　わたしたち、すぐこれから町へ引越して、あしたわたしは外国へ〔発《た》ちますの〕……

ピーシチク　なんですと？（そわそわして）なぜまた町へなんぞ？　いや、なるほどこうして見ると、家具だの……トランクだの……。なあに、平気ですよ。……（涙ごえで）大丈夫ですよ。……いやどうも、えらい知恵者ですなあ――あのイギリス人というやつは……。なあに大丈夫……どうぞお仕合せで……。なんでもありませんよ。……神さまが助けてくださいますとも……大丈夫ですよ。……この世のことは何ごとも終りありでしてな。……（ラネーフスカヤ夫人の手にキスする）もし風の便りにでも、このわたしに終りが来たという噂《うわさ》がお耳にはいったら、どうか、このそれ……馬のことを思いだして、「そうそう、昔あのなんとかいう奴……シメオーノフ＝ピーシチクという男もいたっけな……安らかに昇天せんことを」とでも言ってください。……いや、すばらしい上天気ですなあ。……まったく……（へどもどして退場。が、すぐ引返してきて、ドアのところで）うちのダーシェンカが宜《よろ》しくと申しました！（退場）
ラネーフスカヤ　さ、これでもう出かけられる。じつはわたし、発って行くのに、気がかりなことが二つあるの。一つは——病気のフィールス。（時計をのぞいてみて）まだ五分ほどいいわ……
アーニャ　ママ、フィールスはもう病院へやったわ。ヤーシャがけさやったの。
ラネーフスカヤ　もう一つの心配は——ワーリャのこと。あの子は、早起きをして働きつけてるものだから、今じゃ仕事がなくて、魚が水をはなれたも同然よ。瘦《や》せて、顔色が悪くなって、可哀そうに泣いてばかりいるわ。……（間）あなたはそれを、よくご存じのはずね、ロパーヒンさん。わたしはこう思っていましたの……あの子をあなたのところへとね。それにあなたのほうでも、お見受けするところ、結婚なさりそうな模様でしたものね。（アーニャに耳うちする。アーニャはシャルロッタにうなずいて見せ、ふたり退場）あの子はあなたを愛していますし、あなたもあれがまんざらでもなさそうなのに、わからないわ、どうもわからない、なぜあなたがた二人は、おたがい避け合うようなふうをなさるのか。わからないわ！

ロパーヒン　わたし自身も、じつはわからないんです。どうも何かこう妙な具合でしてね。……まだ時間があるようなら、わたしは今すぐでも結構です。……一気に片をつけて――あがりにします。あなたがいらっしゃらなくなると、どうもわたしは、申込みをしそうもありませんよ。

ラネーフスカヤ　願ったりですわ。一分もありゃ、じゅうぶんですものね。すぐあの子を呼びましょう。

ロパーヒン　ちょうどシャンパンもあります。（小型グラスをすかして見て）おや、空《から》だ、誰かもう飲んじまった。（ヤーシャ咳払《せきばら》いをする）がぶ飲みとはこのことだ……

ラネーフスカヤ　（いそいそと）結構だわね。わたしたちは向うへ……ヤーシャ、おいで《アレ》！　いま呼びますからね……（ドアの口へ）ワーリャ、そこはほっといて、こっちへおいで。さ、早く！（ヤーシャとともに退場）

ロパーヒン　（時計をのぞいて）そう……（間）

ドアの向うで忍び笑い、ひそひそ声、やがてワーリャ登場。

ワーリャ　（長いこと、あれこれと荷物を調べる）おかしいわ、どうしても見つからない

……

ロパーヒン　何がないんですか？

ワーリャ　自分でしまいこんだくせに、覚えがないんですの。（間）

ロパーヒン　あなたはこれからどうされます、ワルワーラ（訳注　ワーリャの正式の名）さん？

ワーリャ　わたし？　ラグーリンのところへ行きます。……あすこの家政を見ることになりましたの……女の家令とでもいうのかしら。

ロパーヒン　ではヤーシネヴォ村ですね？　七十キロもありますよ。（間）いよいよこの家の生活もおしまいになりましたね。……

ワーリャ　（荷物を見まわしながら）どこへ行ったんだろう、あれは……もしかすると、長持へ入れたのかもしれない。……ええ、この家の生活もおしまいですわ……もう二度と返っては来ませんわ……

ロパーヒン　わたしはこれからすぐ、ハリコフへ発ちます……この汽車でね。どうも仕事が多くてね。この屋敷うちには、エピホードフを置いておきます。……あの男を雇ったのでね。

ワーリャ　あら、そう！

ロパーヒン　去年の今ごろは、もう雪がふっていました。おぼえておいでですか。ところが今は、おだやかで、日が照っています。ただ、寒いには寒いですな。……零下三度ぐらいでしょうな。

ワーリャ　わたし見ませんでした。（間）それに、うちの寒暖計はこわれていますから……（間）

戸外の声　（ドアの口で）ロパーヒンさん！……

ロパーヒン　（とうからこの呼び声を待っていたかのように）ああ、今すぐ！（急いで退場）

ワーリャは床に坐《すわ》って、衣服の包みに頭をのせ、静かにむせびなく。ドアがあいて、そっとラネーフスカヤ夫人がはいってくる。

ラネーフスカヤ　どうだったの？（間）もう行かなくちゃ。

ワーリャ　（もう泣きやんでいて、眼をふく）ええ、時間ですわ、ママ。わたし今日のうちに、ラグーリンのところへ着けると思うわ。汽車に乗りおくれさえしなければね……

ラネーフスカヤ　（ドアの口へ）アーニャ、支度はいいの？

アーニャ、少しおくれてガーエフ、シャルロッタ登場。ガーエフは頭巾《ずきん》のついた暖かい外套《がいとう》を着ている。召使たちや馭者《ぎょしゃ》たちが集まる。エピホードフは荷物の世話をやく。

ラネーフスカヤ　さあ、もうこれで発てるわ。

アーニャ　（嬉《うれ》しそうに）出発だわ！

ガーエフ　親愛なる諸君、敬愛おくあたわざる友人諸君！　いま永遠にこの家を去るに臨んで、果して口をつぐんでおられましょうか。告別のため、今わたくしの全幅を領している感慨を、ここに吐露せずにおられましょうか……

アーニャ　（哀願するように）伯父さま！

ワーリャ　伯父さん、およしなさいったら！

ガーエフ　（しょげて）黄玉を空《から》クッションで真ん中へ……。黙るよ。……

トロフィーモフ、つづいてロパーヒン登場。

トロフィーモフ　まだですか、皆さん、もう出発の時間ですよ！

ロパーヒン　エピホードフ、おれの外套を！

ラネーフスカヤ　わたし、もうちょっとだけ坐ってみよう（訳注　旅立ちの前に、しばらく腰をおろす習慣がロシア人にある）。

わたしまるで、今まで一度も、この家の壁がどんなだか、天井がどんなだか、見たことがないみたい。今になってやっと、見ても見飽きない気持で、たまらなく懐《なつ》かしい気持で、眺《なが》めるんだわ……

ガーエフ　いまだに覚えてるが、わたしが六つのとき、聖霊降臨《トロイツァ》の日曜日に、わたしがこの窓に腰かけて見ていると、お父さんが教会へ出かけて行ったっけ……

ラネーフスカヤ　荷物はみんな出まして？

ロパーヒン　どうやら、みんなでです。（外套を着ながら、エピホードフに）いいかい、エピホードフ、あとは宜しく頼むよ。

エピホードフ　（しゃがれ声で）ご心配なく、行ってらっしゃいまし。

ロパーヒン　一体どうしたんだ、その声は？

エピホードフ　いま水を飲んだ拍子に、何かのみこみましたんで。

ヤーシャ　（軽蔑《けいべつ》して）間抜けめ！

ラネーフスカヤ　わたしたちが行ってしまうと、ここには人っ子ひとり残らないのねえ……

ロパーヒン　春が来るまではね。

ワーリャ　（包みから洋傘《ようがさ》を抜きだす。まるで振上げるような格好になる。ロパーヒン、ぎょっとした身振り）あら、何ですの、どうなすったの……。わたし、そんなつもりじゃなかったのに。
トロフィーモフ　皆さん、さあ乗りこみましょう。……もう時間です！　間もなく汽車がはいりますよ！
ワーリャ　ペーチャ、さ、あったわ、あんたのオーバーシューズ。手提カバンのかげに。（涙ぐんで）でもあんたの、なんて汚ならしい、おんぼろなの……
トロフィーモフ　（オーバーシューズをはきながら）さあ行きましょう、皆さん！　……
ガーエフ　（泣きだしそうになり、ひどくうろたえる）汽車が……その、停車場が……。ひねって真ん中へ、白玉は空《から》クッションで隅《すみ》へ……
ラネーフスカヤ　行きましょう！
ロパーヒン　みんなお揃《そろ》いですね？　向うには誰もいませんね？（左側のドアに錠をおろす）ここには家財が置いてあるので、錠をおろしとかなければね。さあ行きましょう！
アーニャ　さようなら、わたしの家《うち》！　さようなら、古い生活！
トロフィーモフ　ようこそ、新しい生活！　……（アーニャと一緒に退場）

ワーリャは部屋を一わたり見まわし、ゆっくりと退場。ヤーシャ、および犬を連れたシャルロッタも退場。

ロパーヒン　では、春まで。さ、行こうじゃありませんか、皆さん。……ご機嫌《きげん》よう！　……（退場）

ラネーフスカヤとガーエフ、ふたりだけ残る。ふたりはそれを待ち兼ねたように、たがいにぱっと頸《くび》に抱きつき、人に聞かれぬように声を忍んで、静かにむせび泣く。

ガーエフ　（身も世もあらず）ああ妹、可愛い妹……

ラネーフスカヤ　ああ、わたしのいとしい、なつかしい、美しい庭！　……わたしの生活、わたしの青春、わたしの幸福、さようなら！　……さようなら！　……

アーニャの声　（浮き浮きと、招き寄せるような声で）ママ！　……

トロフィーモフの声　（浮き浮きと、感激をこめて）おーい！　……

ラネーフスカヤ　お名残りにもう一度、壁を見て、窓をながめて……。亡《な》くなったお母さまは、この部屋を歩くのがお好きだったわ。……

ガーエフ　ああ妹、可愛い妹！　……

アーニャの声　ママ！　……

トロフィーモフの声　おーい！　……

ラネーフスカヤ　いま行きますよ！　（ふたり退場）

舞台からになる。ひっそりとする。方々のドアに錠をおろす音がして、やがて馬車が数台出て行く音がきこえる。その静けさのなかに、木を伐《き》る斧《おの》のにぶい音が、さびしく物悲しくひびきわたる。

足音がきこえる。右手のドアから、フィールスが現われる。ふだんのとおり、背広に白チヨッキをつけ、足には室内ばきを穿《は》いている。病気なのである。

フィールス　（ドアに近づいて、把手《とって》にさわってみる）錠がおりている。行ってしまったんだな。……（ソファに腰をおろす）わしのことを忘れていったな。……なあに、いいさ……まあ、こうして坐っていよう。……だが旦那《だんな》さまは、どうやら毛皮外套《シューバ》も召さずに、ただの外套でいらしたらしい。……（心配そうな溜息《ためいき》）わしの目が、つい届かなかったもんでな。……ほんとに若《わけ》えお人というものは！　（何やらぶつぶつ言うが、聞きとれない）一生が過ぎてしまった、まるで生きた覚えがないくらいだ。

……（横になる）どれ、ひとつ横になるか。……ええ、なんてざまだ、精も根もありゃしねえ、もぬけのからだ。……ええ、この……出来そこねえめが！……（横になったまま、身じろぎもしない）

はるか遠くで、まるで天から響いたような物音がする。それは弦《つる》の切れた音で、しだいに悲しげに消えてゆく。ふたたび静寂。そして遠く庭のほうで、木に斧を打ちこむ音だけがきこえる。

――幕――

三人姉妹

——戯曲　四幕——

人物

アンドレイ（セルゲーエヴィチ・プローゾロフ）（訳注　この訳文では彼の年齢をオーリガとマーシャの間に想定してある）

ナターシャ（ナターリヤ・イワーノヴナ）　そのいいなずけ、のちに妻

オーリガ（愛称　オーリャ）
マーシャ（正式にはマリーヤ）
イリーナ（俗にはアリーナ）
アンドレイの姉妹

クルイギン（フョードル・イーリイチ）　中学教師、マーシャの夫

ヴェルシーニン（アレクサンドル・イグナーチエヴィチ）　陸軍中佐、砲兵中隊長

トゥーゼンバフ（ニコライ・リヴォーヴィチ）　男爵《だんしゃく》、陸軍中尉《ちゅうい》（訳注　この姓は先祖がドイツからの帰化人であることを示している。従ってトゥーゼンバッハとドイツよみにはしない）

ソリョーヌイ（ワシーリイ・ワシーリエヴィチ）　陸軍二等大尉

チェブトイキン（イワン・ロマーノヴィチ）　軍医

フェドーチク（アレクセイ・ペトローヴィチ）　陸軍少尉

ローデ（ヴラジーミル・カールロヴィチ）　陸軍少尉（訳注　この姓はフランス系である）

フェラポント　市会の守衛、老人

アンフィーサ　乳母、八十歳の老婆《ろうば》

県庁のある町でのこと

第一幕

プローゾロフの家。円柱のならんだ客間。柱の向うに大広間が見える。ま昼。戸外は日ざかりで朗らかである。広間では朝食（訳注 わが国の昼食にあたる）のテーブルをととのえている。

オーリガが、女学校女教師の青い制服をきて、立ちどまったり歩いたりしながら、生徒のノートを直しつづけている。マーシャは黒い服をつけ、帽子を膝《ひざ》にのせて坐《すわ》り、小型な本を読んでいる。イリーナは白い服を着て、立って考えこんでいる。

オーリガ　お父さまはちょうど一年まえ、それもこの五月五日の、あなたの〝名の日〟（訳注 天使の日ともいう。当人の洗礼名と同じ名の聖人の命日。それをロシアでは誕生日のように祝った）に亡《な》くなったのね、イリーナ。あの日はひどい寒さで、雪がふっていた。わたしは、もうとても生きてられないような気がしたし、あなたは気が遠くなって死んだみたいに臥《ね》ていたっけ。でも、こうして一年たってみると、わたしたち気楽にあの時のことが思いだせるし、あなたももう白い服を着て、晴ればれした顔をしているわ。(時計が十二を打つ) あの時も、やっぱり時計が鳴ったっけ。(間) 覚えてるわ、お棺が送られて行くあいだ、軍楽隊がマーチをやったし、墓地じゃ弔銃を射《う》ったわね。お父さまは将軍で、旅団長だったけれど、そのわりに会葬者は少なかった。もっとも、あの日は雨だったわ。ひどいミゾレだった。

イリーナ　そんなこと思いだして、どうするのよ!

列柱のむこう、広間のテーブルのあたりに、トゥーゼンバフ男爵《だんしゃく》、チェブトイキン、ソリョーヌイがあらわれる。

オーリガ　今日は暖かで、窓をあけっぱなしにしておいてもいいほどなのに、白樺《しらかば》はまだ芽を吹かない。お父さまが旅団長になって、わたしたちを連れてモスクワをお発《た》ちになったのは、もう十一年前のことだけれど、今でもはっきり覚えている——五月のはじめ、ちょうど今ごろのモスクワは、もう花がみんな咲いて、ぽかぽかして、日ざしがあふれているわ。十一年たった今日でも、わたしあすこのことは、まるで昨日発って来たように覚えているの。まあ、どうでしょう! けさ目がさめて、ぱっと一面に明るいのを見たら、春の来たのを見たら、とたんに嬉《うれ》しさがこみ上げてきて、生れ故郷へ帰りたくてたまらなくなったわ。

チェブトイキン　ばかばかしい！

トゥーゼンバフ　もちろん、くだらん話です。

マーシャ　（本の上に考えこみながら、そっと歌を口笛で吹く）

オーリガ　口笛はやめて、マーシャ。どうしてそんなまねができるんだろう！（間）何しろわたし、毎日学校へ行って、それから夕方までレッスンに回るものだから、しょっちゅう頭痛はするし、考え方までが、すっかり婆《ばあ》さんじみてきたようだわ。そして実際、学校に勤めだしてから四年のあいだに、毎日一滴また一滴と、力や若さが抜けて行くような気がする。だんだん大きく強まって行くのは、空想だけ……

イリーナ　モスクワへ行くということね。この家を売って、きっぱりこの土地と手を切って、モスクワへ……

オーリガ　そうよ！　早くモスクワへねえ。

チェブトイキンとトゥーゼンバフ笑う。

イリーナ　兄さんは、きっと大学教授になるんだから、どうせここにいるつもりはないわ。ただ困るのはマーシャのこと、可哀《かわい》そうに。

オーリガ　マーシャは毎年《まいとし》、夏休みじゅうモスクワへ来たらいいわ。
マーシャ　（そっと歌を口笛で吹く）
イリーナ　大丈夫みんな、うまく行ってよ。（窓を見ながら）いいお天気ねえ、今日は。どうしてこう気持が晴れればれしているのか、あたし自分でもわからない！　けさ、今日はあたしの〝名の日〟だったと、ひょいと思いだしたら、急にうれしくなって、まだお母さまが生きてらした、子供の頃《ころ》を思いだしたの。すると、あとからあとから、すばらしい考えが湧《わ》いてきて、胸がどきどきしたわ。そりゃすばらしい考えばかり！
オーリガ　今日あんたは、いかにも晴れやかで、いつもよりずっと奇麗に見えるわ。マーシャも奇麗よ。アンドレイだって、美男なのだけど、ただああ肥《ふと》ってしまっちゃ形《かた》なしだわ。わたしときたら、この通り老《ふ》けて、すっかり痩《や》せてしまった。きっとこれも、学校で娘たちに癇癪《かんしゃく》ばかり起すからよ。今日はお休みで、こうして家にいるので、頭痛もしないし、昨日より若くなったような気がする。わたしは二十八だけれど、ただねえ……。いいえ、不足をいうことはない、みんな神さまの御心《みこころ》だもの。でもね、わたしこんな気もするの――もしもお嫁にいって、一ん日《ち》じゅう家にいられたら、そのほうがもっといいようなね。（間）わたし、夫を大事にするわ、きっと。

トゥーゼンバフ （ソリョーヌイに）そんな馬鹿《ばか》なことばかり言って、君の話はもう沢山ですよ。（客間にはいりながら）そうそう、忘れていました。今日こちらへ、われわれの隊の新しい指揮官、ヴェルシーニンがご挨拶《あいさつ》に来るはずです。（ピアノのそばに坐る）

オーリガ まあ、そう！ 大そう嬉しいですわ。

イリーナ そのかた、お年寄り？

トゥーゼンバフ いや、大したことはありません。まあせいぜい四十か、四十五でしょう。（そっと弾く）見たところ、立派な人物です。少なくも愚物じゃない――これは確かです。ただ、少々話ずきですがね。

イリーナ きれいなかた？

トゥーゼンバフ ええ、なかなかね。ただその、奥さんと、そのおっ母さんと、娘が二人いますがね。おまけに二度目の細君なんです。あの人は挨拶に行く先々で、かならず、細君に娘がふたりいると話すんですよ。こちらでもきっと言うでしょうよ。その奥さんというのは、なんだか少々低能みたいな人でしてね、いまだに娘のように髪をオサゲにして、へんに哲学じみた大きなことばかり並べて、しかもちょいちょい自殺を企てるんです。まあご主人に面当《つらあ》て、というところでしょうがね。僕《ぼく》ならあんな女、とっくに御免こうむってるところですが、あの人はじっと我慢して、ただ愚痴をこぼすだけなんです。

ソリョーヌイ　（チェブトイキンとともに、広間から客間へはいって来ながら）片手だと僕は一プード半（訳注 約二十五キロ）ぐらいしか持ちあげられないが、両手だと五プード（訳注 約八十二キロ）、いや六プード（訳注 約百キロ）だって持ちあげられる。だから僕は、こう結論するんです――二人がかりの力は、一人の二倍じゃなくって、三倍も、いやもっと上だとね……

チェブトイキン　（歩きながら新聞を読む）抜け毛には……ええと、ナフタリン八グラムをアルコール半瓶《はんびん》に……溶解し、これを毎日もちいる……（手帳に書きこむ）書きとめておこう！（ソリョーヌイに）それでさ、いいかね君、瓶の口にコルクをはめて、それにガラス管をとおす。……それから、そのへんにある極《ご》くありふれた明《みょう》礬《ばん》を、一つまみとってね……

イリーナ　チェブトイキンさん、ねえ、チェブトイキンさんてば！

チェブトイキン　なんです、わたしの可愛《かわい》いお嬢さん？

イリーナ　教えてちょうだい、なんだってあたし、今日はこんなに嬉しいんでしょう？　まるで帆をいっぱいに張って、海を走っているみたい――上にはひろびろした青空、大きな真っ白な鳥が飛んでいてね。なぜこうなんでしょう？　ねえ、なぜ？

チェブトイキン　（彼女の両手にキスしながら、やさしく）わたしの白鳥さん……

イリーナ　きょう目がさめて、起きて顔を洗ったら、急にあたし、この世の中のことがみんなはっきりしてきて、いかに生くべきかということが、わかったような気がしたの。ねえ、チェブトイキンさん、あたしすっかり知ってるわ。人間は努力しなければならない。誰《だれ》だって額に汗して働かなければね。そこにこそ、人生の意義も目的も、その幸福も、その悦《よろこ》びや感激も、のこらずあるのよ。夜の明けるか明けないうちに起きだして、街で石をトンカチやる労働者や、羊飼いや、子供たちを教える先生や、鉄道の機関手になったら、さぞいいでしょうね。……ほんとに、人間であるとかないとかの問題じゃないわ、ただ働けさえすれば、いっそ牛にでも、ただの馬にでも、なったほうがましよ――お昼の十二時にのこのこ起きだして、ベッドのなかでコーヒーを飲んで、それからお召替えに二時間もかかる……ああ、おっそろしい、そんな若い女になるよりはね！　暑い日に、水を飲みたくなることがあるでしょう。あたしが働きたくなったのも、それと同じよ。これからもしあたしが、朝早く起きて頑《がん》ばらないようだったら、絶交してちょうだいね、チェブトイキンさん。

チェブトイキン　（優しく）しますよ、絶交しますよ……

オーリガ　父はわたしたちを、七時に起きるように、しつけてくれましたの。今でもイリーナは、七時に目だけはさますけど、それから少なくも九時までは、床《とこ》のなかで何か考えているのよ。その真面目《まじめ》な顔といったら！（笑う）

イリーナ　姉さんは、いつまでもあたしを子供と思ってるものだから、あたしが真面目な顔をすると変な気がするのよ。あたしだって、二十歳《はたち》よ！

トゥーゼンバフ　勤労をなつかしむ気持、いやほんとに、僕はよくわかりますよ！僕は生れてこの方、一度だって働いたことがない。あの寒い、ぐうたらなペテルブルグで、勤労とか心配とかいうものはついぞ知らない家庭に、ぽっと生れた僕ですからね。忘れもしませんが、幼年学校から家へ帰ってくると、下男が長靴《ながぐつ》をぬがせてくれる、僕は駄々《だだ》のこねほうだいでしたが、その僕を母親は後生大事に奉《たてまつ》って、ほかの人が僕にちがった扱いをすると、びっくり仰天する始末でした。僕が手足を動かさずに済むように、みんなでかばってくれたんです。もっとも、そのかばい立てが成功したかどうか、そこはどうやら怪しいもんですがね！　今や時代は移って、われわれ皆の上に、どえらいものが迫りつつあります。たくましい、はげしい嵐《あらし》が盛りあがって、もうすぐそこまで来ている。まもなくそれは、われわれの社会から、怠慢や、無関心や、勤労への色めがねや、くされきった倦怠《けんたい》だのを、一掃してくれるでしょう。僕は働きますよ。あと二十五年か三十年もしたら、人間はみんな働くようになりますよ。一人のこらずね！

チェブトイキン　わたしはご免だな。

トゥーゼンバフ　あなたなんか、勘定にはいりません。

ソリョーヌイ　二十五年たったら、君はもうこの世には、いないさ、ありがたいことにね。まあ二、三年もすれば、君は卒中でポックリいってしまうか、でなきゃこの僕が癇癪をおこして、君の額へ弾丸《たま》をぶちこむのが落ちさ、なあ君。（ポケットから香水壜《こうすいびん》を出して、胸や手にふりかける）

チェブトイキン　（笑う）いや、ほんとにわたしは、ついぞなんにもしたことがないな。大学を出たっきり、指一本うごかしたことがない。小さな本一冊、読みとおしたことはなく、読むのはもっぱら新聞だけでね……（ポケットから別の新聞をとり出す）そらね。……まあ例えば、ドブロリューボフ（訳注　ロシア十九世紀中葉の尖鋭な批評家）という男のいたことは、新聞で知っちゃいるが、じゃ何を書いたかという段になると――知らないね。

……どうぞご勝手に、というところさ。……（階下から床をコツコツいわせる音が聞える）そらね。……下でわたしを呼んでいる、誰か来たんだろう。すぐ来ます……ちょっとお待ちを……（鬚《ひげ》をしごきながら、あたふたと退場）
イリーナ　あれ、何か思わくがあるのよ。
トゥーゼンバフ　そう。真面目くさった顔をして出て行ったところを見ると、今あなたにプレゼントを持ってきますよ。
イリーナ　まあ、いやだわ！
オーリガ　まったく、やりきれないわ。あの人、ばかなことばかりするんだもの。
マーシャ　〝入江のほとり、みどりなす樫《かし》の木ありて、こがねの鎖、その幹にかかりいて……。こがねの鎖、その幹にかかりいて……〟（訳注　プーシキンの叙事詩『ルスランとリュドミーラ』より。この叙事詩にもとづいて、グリンカのオペラがある）（立ちあがって、小声で歌う）
オーリガ　あなた今日、浮かない顔をしてるのね、マーシャ。
マーシャ　（歌いながら帽子をかぶる）
オーリガ　どこへ行くの？
マーシャ　帰るの。
イリーナ　変ねえ……

トゥーゼンバフ　〟名の日〟のお祝いを逃げだすなんて！

マーシャ　いいのよ。……夕がた出直します。ご機嫌《きげん》よう、可愛いイリーナ……（イリーナにキスする）もう一ぺん――どうぞ元気で、仕合せでね。むかし、お父さまがいらした頃は、〟名の日〟といえばかならず、将校連中が三十人、四十人とやって来て、にぎやかだったものだわ。それが今日は、せいぜい一人半ぐらいで、静かなことといったら、まるで砂漠《さばく》みたい。……わたし行くわ。……今日わたし、メランコロジー（訳注　ゆううつ症（メランホーリヤ）を、わざわざメルレフリュンジヤと、でたらめな外来語めかした言葉で言っている。彼女自身の覚え違いというより、むしろ夫クルイギンの衒学癖への当てつけと解すべきであろう）で、くさくさするの。わたしの言うことなんか、気にしないでね。（泣き笑いしながら）あとで話しましょうね。じゃ、ちょっと失礼するわ、ね、イリーナ。わたし、どこかへ行って来るわ。

イリーナ　（不満そうに）まあ、なんていうひと、姉さんは……

オーリガ　（涙ぐんで）あなたの気持、わかるわ、マーシャ。

ソリョーヌイ　男が哲学を並べると、それがすなわちフィロソフィスティクス（訳注　これまた、でたらめな外来語である）――つまりその、こじつけ《ソフィズム》になるわけだが、女が一人、または二人で哲学を並べだしたら、こりゃもうてっきり――あたしの指を引っぱってね、ということなのさ。

マーシャ　それ、どういうことなの？　おっそろしい野蛮人ね、あなたは！
ソリョーヌイ　なんでもないです。〝あなやと言うまもなく、熊《くま》は襲いかかりたり〟さ。（間）
マーシャ　（オーリガに、腹だたしげに）泣かないで！

アンフィーサと、パイをささげたフェラポントが登場。

アンフィーサ　こっちだよ、お前さん。ずっとおはいり、お前さんの足はきれいだからね。（イリーナに）市会の、プロトポーポフさまから……お祝いのお菓子でございますよ。
イリーナ　ありがとう。お礼を申しあげてね。（パイを受けとる）
フェラポント　へえ、なんですかね？
イリーナ　（声を高めて）お礼を申しあげて！
オーリガ　ばあや、この人にピローグ（訳注　ロシア風の揚まんじゅう）をあげて。フェラポント、向うへ行って、ピローグを食べておくれ。
フェラポント　へえ、なんですかね？
アンフィーサ　さ、行こうよ、フェラポント。じいやさん、行こうよ。……（フェラ

ポントとともに退場）

マーシャ　イワンの息子だか、薬缶《やかん》の息子だか知らないけれど（訳注　わざと父称を言い違えているおかしみ）、あのプロトポーポフなんか、わたし嫌《きら》いよ。あんな人、招《よ》ぶことないわ。

イリーナ　あたし、招びはしないのに。

マーシャ　そんなら結構。

チェブトイキン登場。そのあとから、銀のサモワールをささげた兵士。おどろきと不満のどよめき。

オーリガ　（両手で顔をおおう）まあ、サモワール！　困ってしまうわ！（広間のテーブルの方へ去る）

イリーナ　ほんとにチェブトイキンさん、なんてことなさるの！

トゥーゼンバフ　（笑う）ほらね、僕の言った通りだ。

マーシャ　チェブトイキンさん、臆面《おくめん》のないかたねえ、あなたは！

チェブトイキン　可愛い、りっぱなお嬢さんがた。あなたがたは、わたしの唯《ただ》ひとつの生き甲斐《がい》だ。この世で一ばん大事な人たちだ。わたしは間もなく六十になる。……老いぼれで、一人ぼっちで、吹けば飛ぶような老人です。……何か取柄《とりえ》があるとしたら、あなたがたをいとしいと思う、この心だけですよ。あなたがたがいなかったら、もうとっくにこの世におさらばしていたでしょうよ。……（イリーナに）わたしの可愛い嬢《じょ》っちゃん、わたしはあなたが、オギャアと生れた日から知ってますよ……両手で抱《だ》っこしたものですよ……わたしは、亡《な》くなったママが大好きでしたよ……

イリーナ　でも、どうしてそんな高いプレゼントを！

チェブトイキン　（涙ごえで、腹だたしく）高いプレゼントですと。……ほんとに、あんたがたという人は！　（従卒に）サモワールをあっちい持っていけ。……（口まねする）高いプレゼント……（従卒がサモワールを広間へ運び去る）

アンフィーサ　（客間を通り抜けながら）嬢さんがた、知らない軍人さんが見えましたよ！　もう外套《がいとう》ぬいで、な、嬢さんがた、こっちいおいでですよ。アリーナ（訳注 イリーナの俗な呼び方）さんや、愛想よく、丁寧になさいましよ。……（出て行きながら）もうとうに朝食の時刻なのにさ。……やれやれ……

トゥーゼンバフ　ヴェルシーニンですよ、きっと。

ヴェルシーニン登場。

トゥーゼンバフ　ヴェルシーニン中佐！
ヴェルシーニン　（マーシャとイリーナに）お目にかかれて仕合せです、――ヴェルシーニンです。ようやくこちらへ伺えて、じつにじつに嬉《うれ》しく思います。大きくなれましたねえ！　まったくどうも！
イリーナ　どうぞおかけになって。あたくしたちも、嬉しく存じますわ。
ヴェルシーニン　（陽気に）いや、じつに嬉しい、じつに嬉しい！　だが、あなたがたは、三人姉妹《きょうだい》でいらしたはずですな。たしか――お嬢さん三人だったと記憶します。お顔はもう覚えていませんが、お父さまのプローゾロフ大佐には、小っちゃな女のお子さんが三人いらしたのを、はっきり記憶していますし、現にこの眼《め》で、しかと見ております。時のたつのは早いものだ！　いや、じつに、早いもんですなあ！
トゥーゼンバフ　ヴェルシーニン中佐は、モスクワから赴任されたのです。
イリーナ　モスクワから？　あなた、モスクワからいらしたんですの？
ヴェルシーニン　ええ、モスクワから。亡くなられたお父さまが、あちらで砲兵中隊長をしておられた頃、わたしは同じ旅団の将校でした。（マーシャに）そう言えば、あなたのお顔は少し覚えがあるようです。
マーシャ　でもわたしのほうでは――さっぱり！

イリーナ　オーリャ！　オーリャ！　（広間へ向って叫ぶ）オーリャ、いらっしゃいよ！

オーリガ、広間から客間へ入り来る。

イリーナ　ヴェルシーニン中佐、モスクワからおいでになったんですって。
ヴェルシーニン　ではあなたが、一ばん上のオーリガさんですね。……すると、あなたがマリーヤさん。……あなたがイリーナさん――一ばん末の……
オーリガ　モスクワからいらっしゃいましたの？
ヴェルシーニン　そうです。モスクワの学校を出て、モスクワで任官して、長らくあちらで勤務していましたが、とうとうご当地の隊を持つことになって――ごらんの通り転任して来ました。わたしはあなたがたを、ほんとに記憶しているわけではなく、ただご姉妹《きょうだい》三人とだけ覚えています。お父さまのことは記憶がはっきりしていて、こうして眼をつぶると、さながら生ける者のように目蓋《まぶた》に浮びますよ。モスクワのお宅へは、ちょいちょい伺ったものでした。……
オーリガ　わたし、皆さん残らず覚えているような気でいましたのに、思いがけなく……

ヴェルシーニン　アレクサンドル・ヴェルシーニンと申します……
イリーナ　ええ、ヴェルシーニンさん、あなたがモスクワからいらっしゃるなんて。……ほんとに夢のようだわ！
オーリガ　ちょうどわたしたち、あちらへ住居《すまい》を移そうと思っているところへね。
イリーナ　秋までには移ってしまうつもりですの。故郷の町、あたしたち、あそこで生れたんですもの。……元《もと》バスマンナヤ街……（オーリガと声をあわせて嬉しそうに笑う）
マーシャ　思いがけなく、同郷のかたにお目にかかれたわけね。（生き生きと）ああ、やっと思いだした！　覚えてて、オーリャ、うちのみんなが、『恋の少佐』って言っていたじゃない？　あなたはあのころ中尉《ちゅうい》で、誰かに恋してらした。どういうわけだか、みんなであなたを、少佐少佐ってからかっていましたっけ。……
ヴェルシーニン　（笑う）そう、そう。……恋の少佐、それですよ……
マーシャ　あの頃《ころ》あなたは、口ひげだけでしたわ。……まあ、なんてお老《ふ》けになって！　（うるみ声で）なんてお老けになったの！
ヴェルシーニン　さよう、恋の少佐と呼ばれていた頃は、わたしもまだ若くって、恋をしていました。今となっちゃ、いやもう。

オーリガ　でも、まだ一本も白髪《しらが》が見えませんわ。お老けになったにしても、まだお年寄りじゃないわ。

ヴェルシーニン　でももう、とって四十三ですよ。あなたがたは、モスクワを離れてよほどになりますか？

イリーナ　十一年になりますの。あら、どうしたのマーシャ、泣いたりして、おかしな人。……（声をうるませて）あたしまで泣きたくなるわ……

マーシャ　なんでもないの。あなたは、どの街にお住まいでしたの？

ヴェルシーニン　元バスマンナヤ街です。

オーリガ　わたしたちも、そうでした……

ヴェルシーニン　ひと頃はドイツ街にもおりました。ドイツ街から、赤兵営（訳注　モスクワ東端にある兵営の名）へ通ったものです。その途中に、陰気な橋がありましてね、橋の下で水がざあざあいっています。孤独な身にとっては、へんにわびしくなる景色でしたよ。（間）それに引きかえ、ここの河はなんという広びろした、豊かな河でしょう！　じつに、すばらしい河だ！

オーリガ　ええ、でもただ寒くてね。ここは寒くて、おまけに蚊がいますの。

ヴェルシーニン　何を仰《おっ》しゃる！　ここは実に健康な、申しぶんのない、スラブ的な気候じゃありませんか。森がある、河がある……おまけに、白樺《しらかば》もありますしね。なつかしい、つつましやかな白樺、――わたしは木のなかで、あれが一ばん好きです。住むにはいい土地ですね。ただ変なのは、鉄道の駅が二十キロも離れていることですね。……どうしてそうなってるのか、誰《だれ》も知らんのです。

ソリョーヌイ　そのわけなら、僕《ぼく》が知ってますよ。（一同かれを眺《なが》める）なぜならばですな、もし駅が近ければ遠くはないはずだし、駅が遠ければ、つまり近くないというわけですよ。

白けた沈黙。

トゥーゼンバフ　ふざけた男だなあ、ええ、ソリョーヌイ君。

オーリガ　わたしも今やっと、あなたを思いだしました。覚えてますわ。

ヴェルシーニン　わたしは、お母さまを存じあげていました。

チェブトイキン　立派な婦人でした、天国にやすらいたまえ。

イリーナ　ママは、モスクワに埋葬しましたの。

オーリガ　新尼僧院《ノヴォ・ジェヴィーチイ》（訳注　モスクワ西南端にある由緒の古い修道院。のちにチェーホフもここに葬られた）の墓地に……

マーシャ　どうしたことでしょう、わたしそろそろ、お母さんの顔を忘れかけている忘れてしまうわ。わたしたちのことだって、そういつまでも人は覚えちゃいないでしょうよ。

ヴェルシーニン　そう、忘れるでしょう。それがわれわれの運命である以上、どうにも仕方がありません。今われわれにとって、深刻で意味ぶかい、きわめて重大なことのように思われるものも、――その時がくれば、忘れられてしまうか、些細《ささい》なことに思われてくるでしょう。(間) そこで面白《おもしろ》いのは、そもそも将来、何が高尚《こうしょう》で重大なものと考えられ、何がちっぽけな笑うべきものと見なされるだろうか――そのところが現在われわれには全く見当がつかないという点です。あのコペルニクスの発見、また例えばコロンブスのそれは、果して初めのうちは無用な笑うべきものと見えなかったでしょうか？　一方どこかの変り者の書いた愚にもつかないタワ言が、かえって真理と思われはしなかったでしょうか？　そして現にわれわれが、こうしてやりくりしている今の生活にしたって、時がたつにつれて、どうも変だ、不便だ、知恵がない、なんだか不潔だ――いやそれどころか、罪ぶかいとさえ、見えてくるかも知れません。……

トゥーゼンバフ　さあ、どうですかねえ。ひょっとすると現在のわれわれの生活を、高尚だと呼んで、敬意をもって思いだしてくれるかも知れませんよ。今日では拷問《ごうもん》も死刑もなく、侵略もないけれど、その一方、どれほどの悩みがあることでしょう！
ソリョーヌイ　（甲高い声で）ちっ、ちっ、ちっ……。男爵閣下《だんしゃく》は、哲学が三度の飯よりお好きだってね。
トゥーゼンバフ　ソリョーヌイ君、お願いだから、僕にかまわんでくれたまえ。……（席を移す）いいかげん、うんざりですよ。
ソリョーヌイ　（甲高く）ちっ、ちっ、ちっ……
トゥーゼンバフ　（ヴェルシーニンに）今日われわれが見聞きする悩みは、――多いことはじつに多いですが！　――それなりにとにかく、すでに社会が、ある程度の道徳的向上を達成したことを物語っています……
ヴェルシーニン　そう、そう、もちろん。
チェブトイキン　ねえ男爵、今しがたあんたは、われわれの生活を高尚だと呼んでくれるだろうと言われたが、なあに人間は、いつになったって低いですよ。……（立ちあがる）見なさい、このわたしの低いことを。だから、自分の生活は高尚だなどと、気休めを言わなければならんのさ、わかりきった事さね。

舞台うらで、バイオリンの音。

マーシャ　あれ、兄のアンドレイが弾いていますの。

イリーナ　兄は、うちでは学者で通っていますの。きっと教授になりますわ。パパは軍人でしたけれど、息子のほうは学問で身を立てようと決めましたの。

マーシャ　パパの希望でね。

オーリガ　わたしたち今日、さんざん弟をからかってやりましたの。どうやら、少々いい、れんあい気味なんですの。

イリーナ　ここの或《あ》るお嬢さんにね。そのひと、今日うちへ来ますわよ、きっとですわ。

マーシャ　いやねえ、あの人の衣裳《いしょう》の好みといったら！　みっともないとか、流行おくれだとかいう段じゃなくて、ただもう気の毒だわ。何やら奇抜な、ケバケバしい、黄色っぽいスカートに、こんなふうに下卑た房飾りがついて、それに赤いジャケットなんか着こんでさ。おまけに頬《ほ》っぺたときたら、てらてらに磨《みが》きたてててねえ！　アンドレイが恋してなんかいるものですか――それじゃ、あんまりだわ。アンドレイだって、趣味があるもの。ただああして、わたしたちをからかってるのよ、かついでるのよ。きのう私が聞いた話では、あの人は、ここの市会議長のプロトポーポフのところへ嫁《い》くんですって。それがいいわ。……（横手のドアに向けて）アンドレイ、こっちへいらっしゃい！　ねえ、ちょっと！

アンドレイ登場。

オーリガ　これが弟のアンドレイですの。

ヴェルシーニン　ヴェルシーニンです。

アンドレイ　プローゾロフです。（顔の汗をふく）こちらの砲兵隊長に赴任されたのですか？

オーリガ　それがどうでしょう、ヴェルシーニンさんはモスクワからいらしたのよ。

アンドレイ　そう？　それはおめでとう、――これからはさぞ、うちの姉さんや妹たちが、あなたを悩ますことでしょう。

ヴェルシーニン　それどころか、わたしのほうがもう、お三方《さんかた》に愛想をつかされましたよ。

イリーナ　ほら、いかが、この額ぶち？　肖像を入れるようにって、アンドレイが今日お祝いにくれましたの！（額ぶちを見せる）これ、兄のお手製ですのよ。

ヴェルシーニン　（額ぶちを、と見こう見しながら、挨拶《あいさつ》に窮して）なるほど……これはどうも……

イリーナ　それから、ピアノの上にあるあの額ぶちも、やっぱり兄が作りましたの。

アンドレイ片手を振って、行こうとする。

オーリガ　このひとは、一家きっての学者ですし、バイオリンも弾きますし、いろんな細工物もしますし、まあひと口でいえば、多芸多才なんです。アンドレイ、行くんじゃありません！　この人の癖で——すぐ行ってしまうんですの。こっちへいらっしゃい！

マーシャとイリーナ、彼の両脇《りょうわき》をかかえて連れもどす。

マーシャ　いらっしゃい、いらっしゃいってば！

アンドレイ　ほっといてくれよ、ねえ。

マーシャ　なんておかしな人！　ヴェルシーニンさんは、いつぞや〝恋の少佐〟なんて言われた時でも、腹なんかお立てにならなかったわ。

ヴェルシーニン　ちっともね！

マーシャ　わたし、あんたに仇名《あだな》つけてあげるわ、——恋のバイオリニストって！
イリーナ　それとも、恋のプロフェッサー！
オーリガ　彼は恋をしています！　アンドリューシカ（訳注　アンドレイの愛称）は恋をしています！
イリーナ　（拍手しながら）ブラヴォー！　ブラヴォー！　アンコール！　アンドリューシカは恋をしています！
チェブトイキン　（アンドレイの後ろへ近寄り、両手を彼の胴へかけて）ただ恋せよとて、自然はわれらを産みなしぬ！　（笑う。彼は絶えず新聞を手にしている）
アンドレイ　ああ、もう沢山、沢山ですよ。……（顔をふく）僕はゆうべ一睡もしなかったので、いささかその、いわゆる夢見心地なんです。四時まで本を読んでいて、それから横になったけれど、さっぱり駄目《だめ》でした。あれやこれやと考えているうちに、夜の明けるのが早いものだから、日がずんずん寝室へさしこんでくる。この夏、ここにいるあいだに、英語の本を一冊、訳してしまいたいと思いましてね。
ヴェルシーニン　ほう、英語を読まれるのですか？（訳注　当時のロシアでは、フランス語はほとんど日常化されていたが、英語を学ぶ者はほとんどなかった）
アンドレイ　ええ。父が——天国に安らわせたまえ——教育でわれわれをギュウギュウいわせたものですから。こんなこと言うと、いかにも滑稽《こっけい》で馬鹿《ばか》げていますが、とにかく白状しますとね、父が死んでから僕はぐんぐん太りだして、一年のあいだに、ほらこんなデブになってしまいました。——まるで僕のからだが、自由の天地に解放されたみたいにね。父のおかげで、僕も妹や姉たちも、フランス語、ドイツ語、英語と、かじっていますし、イリーナはイタリア語まで知っています。しかし、そのための苦労は、じつに大変なものでした！

マーシャ　この町で、三カ国語を知ってるなんて、いらない贅沢《ぜいたく》だわ。贅沢どころか、六本目の指があるみたいに、無用の長物なのよ。わたしたち余計なことを、どっさり知ってるんだわ。

ヴェルシーニン　おやおや！（笑う）余計なことを、どっさりね！　わたしに言わせると、頭のすすんだ教養のある人に用がないなどという、そんな萎靡《いび》沈滞した町はどこにもないし、またあるはずもないと思いますね。まあ仮に、この町の十万の人口——それはもちろん、時代おくれな粗野な連中ばかりですが——そのなかに、あなたがたのような人は、たった三人だとします。言うまでもなく、あなたがたには、周囲の無知もうまいな大衆にうち勝つなどということは、とてもできますまい。一生のうちには、あなたがたも段々譲歩しなければならなくなって、やがては十万の群衆のなかへまぎれこみ、あなたがたの声も現実の雑音で掻《か》き消されてしまう。だからと言って、あなたがたは空《むな》しく消え去るのではない。なんの影響も残さずに終るわけではない。あなたがたのあとに、あなたがたのような人が、今度は六人でてくるかも知れません。それから十二人、それからまた……というふうに殖《ふ》えていって、ついにはあなたがたのような人が、大多数を占めることになるでしょう。二百年、三百年後の地上の生活は、想像も及ばぬほどすばらしい、驚くべきものになるでしょう。人間にはそういう生活が必要なので、よしんば今のところそれがないにしても、人間はそれを予感し、待ち望み、夢み、その準備をしなければなりません。そのために人間は、祖父や父が見たり知ったりしていたことより、もっと多くを見たり知ったりしなければならない。（笑う）だのにあなたは、余計なことをどっさり知ってるなどと文句を言われる。

マーシャ　（帽子をぬぐ）わたし、やっぱり食事をして行くわ。

イリーナ　（ため息をして）ほんとに、これはみんな書き留めておかなくてはね……

アンドレイはいない。いつのまにか、こっそり退場したのである。

トゥーゼンバフ　幾世紀ののちには、地上の生活はすばらしい、驚くべきものになると、言われるのですね。いかにもその通りです。しかし、その生活に今から――たとえ遠方からでも参加するためには、それにたいする用意をしなければならない、働かなければならない。……

ヴェルシーニン　（立ちあがる）そうです。ときに、お宅には随分たくさん花がありますね！（見まわしながら）それにお住居《すまい》も、なかなか結構で。じつに羨《うらや》ましい！わたしなんぞは一生、椅子《いす》を二つに長椅子を一脚、それに燻《いぶ》ってばかりいるストーブを持参で、宿舎から宿舎へ渡り歩いて来たものです。わたしの生活には、つまりほら、こうした花が足りなかったのです。……（手をすり合せる）（訳注　もどかしさの身ぶり）ええ！今さら言ったところで始まらん！

トゥーゼンバフ　そう、働かなければなりません。おそらくあなたは、このドイツっぽめ、また甘い感傷にひたっておるわい――とお思いでしょう。しかし僕は、正直のはなしロシア人で、ドイツ語はしゃべれもしないのです。僕の父は正教徒でしたし……（間）

ヴェルシーニン　（舞台を歩きまわる）わたしは、よくこんなことを考えます――もし生活をもう一ぺん初めから、しかも、ちゃんと意識してやり直せたら？とね。すでに費やしてしまった生涯《しょうがい》は、いわばまあ下書きで、もう一つほかに、清書があるとしたらとね！　もしそうなったら、〔僕は思いますが〕われわれは誰しも、何よりもまず自分自身をもう一度くり返すまいと、努力することでしょう。少なくも自分のために、前とは違った生活環境を作りだすでしょう。こんなふうに花のいっぱいある、光線のゆたかな住居《すまい》を、設計するでしょう。……わたしには妻と、娘がふたりありますが、その妻というのが、病身な婦人である上に、そのほかまあ色々とむずかしいのでね、もし人生をもう一度やり直せるものなら、わたしは結婚はしないでしょう。……いや、決して！

クルイギン、正装の燕尾服《えんびふく》を着て登場。

クルイギン　（イリーナに歩み寄って）大事なわが妹、わたしは謹んでお前の〝天使の日〟を祝するとともに、まず健康と、それからお前の年ごろの娘に望みうる一切を、心から祈ります。また謹んで、ほらこの本を、プレゼントとして捧《ささ》げます。（本を渡す）うちの中学校の五十年史、わたしが書いたんだよ。つまらん本で、じつは退屈しのぎに書いたんだが、まあとにかく読んでみなさい。ご機嫌《きげん》よう、皆さん！（ヴェルシーニンに）クルイギン。当地の中学教師、文官七等であります。（イリーナに）その本にはね、うちの中学校をこの五十年間に出た卒業生の名が、全部でているよ。

Feci《フェキ》, quod《クオド》 potui《ポトゥイ》, faciant《ファキアント》 meliora《メリオラ》 potentes《ポテンテス》.（訳注　ラテン語。「わたしは全力をつくした。我と思わん人は、もっと上手にやってみるがいい」）

（マーシャにキスする）

イリーナ　でも、復活祭のときにも、やっぱりこの本くだすったわ。

クルイギン　（笑う）まさか！　もしそうなら、返してもらおうか。いやいっそ、大佐どのに差上げなさい。どうぞ一つ、大佐どの。いつか退屈された時にでもご一読ねがいます。

ヴェルシーニン　これはありがとう。（辞去しようとして）お近づきになれて、じつに嬉《うれ》しいですが……

オーリガ　もうお帰り？　いいえ、いけませんわ！

イリーナ　うちで食事を召し上がってらして。どうぞ。

オーリガ　お願いしますわ！

ヴェルシーニン　（お辞儀をして）どうやら、〝名の日〟に参り合せたようですね。存じませんで、お祝いも申しあげず、失礼しました……（オーリガとともに広間へ去る）

クルイギン　皆さん、今日は日曜日、つまり安息日です。ですから一つ休息しましょう。めいめいの年齢と身分に応じて、大いに愉快にやりましょう。絨毯《じゅうたん》は夏のうちは片づけて、冬までしまっておくんだよ。……虫よけ粉かナフタリンをまいてね。

……ローマ人が健康だったのは、よく働き、よく休んだからです。つまり彼らは、mens《メンス》 sana《サナ》 in《イン》 corpore《コルポレ》 sano《サノ》（訳注　ラテン語の諺。「健康な肉体に健全な精神が宿る」）だったわけです。彼らの生活は、いかなる一定の形式にしたがって流れていました。うちの校長がよく言いますが、いかなる生活にせよ大切なのは——その形式である。……形を失うものは、すなわち滅ぶ——われわれの日常生活でも、やはり同じことです。（マーシャの胴に手をかけ、笑いながら）マーシャは、わたしを愛している。家内はわたしを愛しています。窓かけもやはり外して、絨毯と一緒にしまうんだよ。……今日わたしは陽気です、まさに絶好の気分です。そうそうマーシャ、今日は四時に、校長のところへ一緒に行くんだよ。教員およびその家族のピクニックだからね。

マーシャ　行かないわ、わたし。

クルイギン　（しょげて）可愛《かわい》いマーシャ、なぜそんな？

マーシャ　あとでね、その話は……。（ぷりぷりして）いいわ、行きます。ただね、そこどいてちょうだい、お願いだから……（わきへ離れる）

クルイギン　それから夜は、校長のお宅で遊ぶんだよ。あの人は病身なのに、社交第一によく勤める人だよ。じつに立派な、明朗な人物だ。すばらしい人格者だ。きのうも会議のあとでね、わたしにこう言われたっけ——「疲れたよ、クルイギン君！

じつに疲れたよ！」（壁の時計を見、それから自分の時計を見る）ここの時計は、七分すすんでいるな。そうさ、こう言われたのさ、疲れたよ！　とね。

舞台うらで、バイオリンの音。

オーリガ　では皆さんどうぞ、食事にいたしましょう！　ピローグですわ！

クルイギン　ああ、可愛いわたしのオーリガ、いい人だ、あなたは！　わたしは昨日、朝から夜の十一時まで働きづめで、くたくたでしたが、今日はまた、じつに幸福な気持ですよ。（広間のテーブルのほうへ行く）まったくいい人だ。あなたは……

チェブトイキン　（新聞をポケットへ入れ、鬚《ひげ》をしごきながら）ピローグか？　これはありがたい！

マーシャ　（チェブトイキンに、きびしく）ただ、気をつけるんですよ、今日はなんにも飲まないようにね。わかって？　あなたは飲むと毒なのよ。

チェブトイキン　ええい！　もういいんですよ、わたしは。二年というもの、深酒をしませんでしたからね。（いらだたしげに）なに、お嬢さん、どっちだって同じじゃありませんか！

マーシャ　それでも飲むんじゃないの。よくってね。（腹だたしげに、けれど夫に聞えないように）ええまた、一晩じゅう校長のところで退屈するのか、いやだ、いやだ！
トゥーゼンバフ　僕《ぼく》があなただったら、行きませんね。……しごく簡単ですよ。
チェブトイキン　行くのはやめなさい、マーシャさん。
マーシャ　行くのはやめなさい、か。……ああこんな生活、いまいましい、やりきれないわ。……（広間へ行く）
チェブトイキン　（彼女のほうへ行く）ねーえ！
ソリョーヌイ　（広間へ行きながら）ちっ、ちっ、ちっ……
トゥーゼンバフ　もう沢山、ソリョーヌイ君。もういいったら！
ソリョーヌイ　ちっ、ちっ、ちっ……
クルイギン　（陽気に）ご健康を祝します、大佐どの！　わたしは教育家ですが、この家では内輪のものです。マーシャの夫なのでして……。あれは気だてのいい女です、すこぶる気だてのいい……
ヴェルシーニン　わたしは、その黒いほうのウオッカを頂きましょう。……（飲む）ご健康を祝します！（オーリガに）お宅にこうしていると、じつに愉快です！
……

客間には、イリーナとトゥーゼンバフだけ残る。

イリーナ　マーシャは今日、機嫌がわるいのよ。姉さんが十八の齢《とし》でお嫁にいった時には、あのクルイギンが一ばん頭のある男に思えたのね。ところが今じゃ、ちがうわ。あの人は無類の好人物だけれど、どうも頭のほうはね。

オーリガ　（じれったそうに）アンドレイ、いらっしゃいよ、いい加減で！

アンドレイ　（舞台うらで）はあい。（登場して、テーブルのほうへ行く）

トゥーゼンバフ　何を考えてるんです？

イリーナ　ん、ちょっと。あたし、あのソリョーヌイがきらい、怖いわ。馬鹿なことばかり言うんですもの……

トゥーゼンバフ　妙な男ですよ。僕はあいつが、可哀《かわい》そうでもあり、癪《しゃく》にもさわる。まあどっちかと言えば、可哀そうですね。僕おもうに、あいつはハニカミ屋らしいんですよ。……僕と二人きりでいる時は、なかなか頭のいいことを言うし、愛想もいいんですが、人なかへ出るとたんに、がさつな暴れ者になっちまう。行かないでください、みんなテーブルに就くまで、ほうっときましょう。も少し僕を、あなたのそばにいさせてください。何を考えているんです？（間）あなたは二十《はたち》だし、僕もまだ三十になりません。われわれの前途にはどれほどの年月《ねんげつ》が横たわっていることでしょう！　あなたへの思慕にみちた、長い長い月日の流れが……

イリーナ　トゥーゼンバフさん、愛のことなんか、あたしに仰《おっ》しゃらないで。

トゥーゼンバフ　（耳をかさずに）僕は燃えるように渇望《かつぼう》している――生活を、闘争を、労働を。そしてこの渇望が、心のなかで、あなたへの思慕と一つに融《と》け合っているのですよ、イリーナさん。おまけにあなたが、まるで天の引合せみたいにすばらしい女性なので、僕には人生がじつにすばらしいものに見えるんです！　何をそう考えているんです？

イリーナ　あなたは、人生はすばらしいと仰しゃるのね。そう、でももしかして、ただそう見えるだけだったら。あたしたち三人姉妹《きょうだい》には、すばらしい人生なんてまだなかったわ。人生はまるで雑草のように、あたしたちの伸びる道をふさいでしまったのよ。……あたし涙なんか出して。こんなことじゃ駄目。……（すばやく顔をふいて、ほほえむ）働かなくちゃいけない、働かなくちゃ。あたしたちが浮かない顔をして、人生をこんな暗い目でながめているのも、元はといえば勤労ということを知らないからだわ。あたしたち、勤労を卑《いや》しんだ人たちの子ですものね。……

ナターシャ登場。バラ色の衣裳《いしょう》をきて、みどり色のバンドをしめている。

ナターシャ　もうテーブルに就くところだわ。……遅刻してしまった。……(ちらと鏡をのぞいて、つくりを直す) 髪はまあいいらしいわ。……(イリーナを見て) あら、イリーナさん、おめでとう！ (ひしと長いキス) お客さまが大勢で、わたしほんとに恥ずかしいわ。……こんにちは、男爵《だんしゃく》！

オーリガ　(客間へ出てきて) まあ、ナターシャさんね。ご機嫌よう！ (キスしあう)

ナターシャ　おめでとう、今日《きょう》は！　でも、あんまり大勢さんだもので、わたしどうしたらいいか、わくわくするわ……

オーリガ　なによ、みんな内輪の人じゃないの。(小声で、あきれたように) みどり色のバンドなのね！　ねえ、それはよくないわ！

ナターシャ　何か悪い前兆なの？

オーリガ　いいえ、ただ似合わないのよ……それに、なんだか妙だわ……

ナターシャ　(泣き声で) そうかしら？　でもこれ、みどり色じゃないのよ。どっちかというと、くすんだほうよ。(オーリガについて広間へ行く)

広間では一同テーブルにつく。客間には人影がない。

クルイギン　ねえイリーナ、あんたにいいおムコさんが見つかるように。もうお嫁にいってもいい時分だからね。

チェブトイキン　ナターシャさん、あなたにもいいおムコさんが見つかりますように。

クルイギン　ナターシャさんには、もうちゃんと〔ムコどのが〕ありますよ。

マーシャ　（フォークで皿《さら》をたたく）ブドウ酒を一杯頂くわ！　どう生きようとて、死なぬが花よ、だわ！

クルイギン　お前の操行は、マイナス三点だよ。

ヴェルシーニン　これは結構な果実酒《おさけ》だ。くだものは、なんです？

ソリョーヌイ　油虫ですよ。

イリーナ　（泣き声で）ふっ！　ふっ！　なんて厭《いや》なことを！　……

オーリガ　お夜食には、七面鳥の丸焼きと、林檎《りんご》の甘いピローグが出ます。ありがたいことに、わたし今日は一んち、うちにいられます、晩も、うちにね。……皆さん、晩にまた、おいでくださいね。……

ヴェルシーニン　わたしも伺っていいでしょうか？

イリーナ　ぜひ、どうぞ。

ナターシャ　こちらは、肩のこらない方ばかりですの。

チェブトイキン　ただ恋せよとて、自然はわれらを産みなしぬ、ですよ。（笑う）

アンドレイ　（腹だたしげに）やめてください、皆さん！　よくも厭《あ》きないもんですね？

フェドーチクとローデが、大きな花かごをかかえて登場。

フェドーチク　だが君、もう食事をやってるぜ。

ローデ　（声高に、フランス風にノドへ引っかけて発音する）食事をやってる？　なるほど、もうやっている。……

フェドーチク　ちょっと待ちたまえ！　（写真をとる）一ォつ！　もうちょっと待って……（もう一枚とる）二ァつ！　これでよし！

ふたり花かごを持ちあげて、広間へ行く。一同にぎやかに迎える。

ローデ　（大声で）おめでとう。ご幸福を、ご幸福を、祈ります！　今日はなんとも言えないお天気で、じつに結構なことです。今日は午前ちゅうずっと、中学生と散歩しました。僕は中学で、体操を教えているので。……
フェドーチク　動いてもいいですよ、イリーナさん、かまいませんよ！（写真をとりながら）今日のあなたは、じつにお奇麗だ。（ポケットから独楽《こま》を取りだす）ときに、コマがあります。……すごい音を出しますよ。……
イリーナ　まあ、いいこと！
マーシャ　入江のほとり、みどりなす樫《かし》の木ありて、こがねの鎖、その幹にかかりいて……。こがねの鎖、その幹にかかりいて……。（泣きださんばかりに）いやねえ、どうしてわたし、こんなことばかり？　けさ起きぬけから、この文句がついて離れないの……
クルイギン　十三人のテーブルだな！
ローデ　（大声で）皆さん、そんな迷信を気にされるのですか？（笑声）
クルイギン　十三人のテーブルというのはね、つまり恋仲の一対《つい》がいるということなのさ。もしやあなたじゃないですか、チェブトイキンさん、あやしいですぞ……
（笑声）
チェブトイキン　わたしなんぞ、老いぼれた罰あたりですよ。それよか、なぜナターシャさんが顔を赤くされたか、まったく了解に苦しみますよ。

爆笑。ナターシャは広間から客間へ走り出る。つづいてアンドレイ。

アンドレイ　いいんですよ、そんなに気にしないでも！　まあ待ってください……ちょっと、お願いです……

ナターシャ　わたし、恥ずかしいんですもの。わたし自分で気が気じゃないのに、みんな寄ってたかって笑い物にするんですもの。こうして途中でテーブル離れるなんて、無作法だけれど、わたし我慢できないの……できないの……（両手で顔をおおう）

アンドレイ　ぼくの大事なナターシャさん、お願いです、後生です、興奮しないでください。ぼくが保証します、あの人たちは冗談を言ってるんですよ、みんな善意からなんですよ。ねえ、ぼくの大事な、可愛いナターシャさん、みんな親切な、情愛のふかい人たちばかりで、ぼくやあなたを愛してくれてるんです。さあ、こっちの窓のほうへいらっしゃい。ここならあの人たちに見えないから……（あたりを見まわす）

ナターシャ　わたし、人なかへ出つけないもんだから！……

アンドレイ　おお青春、まか不思議な、美しい青春！　ぼくの大事な、ぼくの可愛いナターシャさん、そう興奮しないでください！　……ぼくを信じて、ね、信じて。……ぼくはすばらしい気持です、愛と悦《よろこ》びで胸が張りさけそうです。……大丈夫、誰《だれ》も見てやしない！　見てやしませんよ！　いったいなぜ、どうしてあなたが好きになったのか、いつ好きになったのか――ああ、ぼくは、全然わからない。わたしの大事な、可愛い、清らかなナターシャさん、ぼくの妻になってください！　ぼくはあなたを愛します、愛します……今まで誰にも、こんな愛を感じたことは……

（キス）

ふたりの将校が登場する。キスしている両人を見て、おどろいて立ちどまる。

――幕――

第二幕

舞台は第一幕におなじ。

夜八時。舞台のうら、街で弾いている手風琴の音が、かすかにきこえる。あかりはついていない。部屋着すがたのナターシャが、蠟燭《ろうそく》を手に登場。舞台をすすんで、アンドレイの部屋のドアの前で立ちどまる。

ナターシャ　アンドレイ、何してらっしゃるの？　ご本？　なんでもないの、わたしただちょっと……（歩いて、もう一つのドアをあけ、中をのぞいて閉める）火を忘れてはないかと思って……

アンドレイ　（登場、分厚な本を手に持つ）どうしたのさ、ナターシャ？

ナターシャ　見てまわってるの、火がないかどうか。……いま謝肉祭《カーニバル》（訳注　大斎期（『桜の園』第一幕の注参照）に先だつ一週間。だいたい二月ごろで、まだ寒くて雪が深い）の最中で、召使がすっかり浮かれているもんだから、万一のことがないように、用心しなくてはねえ。きのうも真夜中に、食堂をとおったら、蠟燭がついてるじゃありませんか。誰《だれ》がつけたんだか、結局わからずじまいよ。（蠟燭を置く）今なん時？

アンドレイ（時計を見て）八時十五分。

ナターシャ　そんな時間なのに、オーリガもイリーナもまだなのね。帰ってこないわ。働きづめなんだわ、可哀《かわい》そうに。オーリガは教員会議、イリーナは電信局。……（ため息をつく）けさも、あんたの妹に言ったのよ、「からだを大事になさいよ、ねえイリーナ」って。言ったたって駄目《だめ》。八時十五分ですって？　わたし心配なのよ、うちのボービク（訳注　赤んぼの名）が、どうもよくないの。なんだって、ああ冷たいんだろう？　きのうは熱があったのに、今日はすっかり冷たいの。……わたし心配だわ！

アンドレイ　大丈夫だよ、ナターシャ、坊やはピンピンしてるさ。

ナターシャ　でもやっぱり、食餌《しょくじ》療法をやったほうがいいわ。わたし心配なんですもの。今晩も九時すぎに、仮装踊りの連中が、くりこんで来るんですってね。来てくれないほうがいいわ、ねえあなた。

アンドレイ　いいや、ぼくは知らないよ。とにかく、いったん招《よ》んだ以上……

ナターシャ　けさ、うちの坊やがお目々をさましてね、じっとわたしの顔を見てると思ったら、急にニッコリしたわ。つまり、わたしだということがわかるのね。「ボービク、おはよう! おはよう、坊や!」と言ったらね、ニコニコ笑うじゃないの。子供ってわかるんだわ、とてもよくわかるんだわ。じゃ、いいのねアンドレイ、仮装踊りの連中を入れないように言っても?
アンドレイ (煮えきらぬ調子で) でもな、そりゃ姉さんたちの気持次第だよ。この家の主婦なんだからね。
ナターシャ 姉さんたちだって同じ気持よ、わたしがそう言うわ。ふたりとも、いい人だもの。……(行きかける) お夜食に、わたしヨーグルトを出すように言っておいたわ。ドクトルが仰《おっ》しゃるの——ヨーグルトしか食べちゃいけません、ほかに痩《や》せる法はないですぞ、って。(立ちどまる) ボービクが冷えてるわ。あの部屋が寒いせいじゃないかしら、心配だわ。せめて春が来て暖かくなるまで、あの子をどこかほかの部屋へ移したほうがよさそうよ。たとえば、イリーナの部屋なんか、赤んぼには打ってつけだわ。乾燥してるし、一んちじゅう日が当るしね。あの人に切り出してみたらどうだろう——あの人は当分、オーリガと同居してもいいんだもの。……どうせ昼間はうちにいやしない、寝に帰るだけですものねえ。……(間) ねえアンドレイ、ねえってば、なぜあんた黙ってるのよ?
アンドレイ うん、ちょっと考えてたんだ。……それに、べつに話すこともないしね

……

ナターシャ　そうそう。何か言うことがあったっけ。……ああ、そうだった。市会からフェラポントが使いに来て、お目にかかりたいんですって。

アンドレイ　(あくびをする) 呼んでおくれ。

ナターシャ退場。アンドレイは、彼女の忘れていった蠟燭にかがみこんで、本を読む。フェラポント登場。ぼろぼろの古外套《ふるがいとう》をきて、えりを立て、両耳を布でくるんでいる。

アンドレイ　やあ、よく来たね。なんの用だね。

フェラポント　議長さんが帳面と、何やら書類を届けろといったんで。はい……(帳面と封書を渡す)

アンドレイ　ご苦労。よしよし。なんだってまた、こんな時刻に来たんだね？　もう八時すぎじゃないか。

フェラポント　なんですね？

アンドレイ　(声を高めて) おそいじゃないか、もう八時すぎだ――と言うんだよ。

フェラポント　その通りで。わたしがここへ来た時ゃ、まだ明るかったんですが、ずっと入れてもらえなかったんで。旦那《だんな》はお仕事ちゅうだ、というんでね。なら、ま、いいや。お仕事ちゅうなら、お仕事ちゅうで、こっちは別に急ぐこたあねえ。（アンドレイが何か問いかけたと思って）なんですね？

アンドレイ　なんでもない。（帳面に目をとおしながら）あすの金曜は、役所が休みだとさ。だがとにかく僕《ぼく》は出よう……行って仕事をしよう。うちにいると退屈だ。……（間）なあ爺《じい》さん、人生というやつは、妙にぐるぐる変るもんだなあ、人をだましてばかりいるもんだなあ！　きょう僕は退屈で、所在ないままに、ほらこの本を引っぱり出してみたんだ――古い大学の講義録さ。すると、なんだか滑稽《こっけい》になってきた。……いやはや僕は、市会のお雇い書記にすぎん。あのプロトポーポフが議長をしている、その役所のね。そこで、お雇い書記たる僕が抱《いだ》きうる最大の希望はといえば――つまり市会の議員になることさね！　僕が、ここの市会の議員になるなんて！　やがてはモスクワ大学の教授、ロシアが誇りとする有名な学者、それを毎晩のように夢見ているこの僕がね！

フェラポント　わかりませんねえ。……耳が遠いもんで……

アンドレイ　お前の耳が満足に聞えるんだったら、僕はなにもお前相手に話しはしないだろうさ。僕は誰かをつかまえて話さずにはいられないんだが、妻は僕を理解してくれないし、姉さんや妹は、なんだか苦手なんだ。頭から僕を笑いものにして、厭味《いやみ》を言いそうな気がしてね。……僕は酒をやらない。酒場なんか好きじゃないけれど、今モスクワのテストフ軒だの大モスクワ軒だのという店で、ちょいと一休みできるとなったら、僕は天へ昇ったような気がするだろうなあ、ええ爺さん。

フェラポント　なんでもモスクワじゃ、さっき役所で請負師が話していましたっけが、どこかの商人たちがブリン（訳注　メリケン粉を薄く丸形にバターで焼いたもの。謝肉祭の主食）の食べっくらをして、そのうち一人は四十枚も〔ブリンを〕平らげて、おっ死《ち》んだそうで。四十枚だったか、五十枚だったか、それは覚えてませんがね。

アンドレイ　モスクワのレストランの、どえらいホールに坐《すわ》ってみろ、こっちを知った人は誰もいないし、こっちでも誰ひとり知らない。それでいて、自分がよそ者のような気がしないんだ。ところがここだと、向うもこっちも、みんな知り合いの仲なのに、そのくせ僕は他人なんだ、よそ者なんだ。……一人ぽっちの、よそ者なんだ。

フェラポント　なんですかね？（間）やっぱりその請負師の話だと――大ぼらかも知んねえけど――モスクワじゃ端から端まで、太い綱が一本張ってあるそうで。

アンドレイ　なんにするんだ？

フェラポント　わかりませんねえ。請負師の話なんで。

アンドレイ　ばかな。（講義録を読む）おまえ、モスクワへ行ったことがあるかい？
フェラポント　（ちょっと間をおいて）ないでさ。そういうめぐり合せでね。（間）もう帰ってもいいですかね？
アンドレイ　いいよ。ご苦労さん。（フェラポント出て行く）ご苦労さん。（読みながら）あす朝、この書類を取りに来るんだよ。……もう行っていい。……（間）行っちゃった。（ベルの音）そおら、はじまった……（伸びをして、ゆっくり自分の部屋へ引っこむ）

舞台うらで、揺りかごの赤んぼを寝かせつける子守の歌。マーシャとヴェルシーニン登場。あとで、二人の会話のうちに、小間使がランプと蠟燭をともす。

マーシャ　わかりませんわ。（間）よく、わかりませんわ。そりゃもちろん、習慣というものも馬鹿《ばか》にはなりません。例えば、父が亡《な》くなったあと、わたしたち長いこと、従卒のいないということが、なんだか物足りない気がしてなりませんでした。でも、今のわたしの気持には、習慣のほかに、いっそ、公平な見方というものも、働いていると思いますの。ほかの土地はどうだか知りませんけれど、とにかくこの町じゃ、一ばんまともな、一ばん品性の高い、教養のある人たちといったら——それは軍人さんですわ。
ヴェルシーニン　のどがかわいた。お茶が欲しいですな。
マーシャ（時計を見て）そろそろ出る時分です。わたしは十八の時に、嫁にやられましたが、夫というものが怖くてなりませんでした。なにしろ向うは教師ですし、わたしは女学校を出たばかりでしたものね。あの頃《ころ》わたしには、あの人がとても学者で、頭のいい、えらい人に見えました。今じゃ、それどころじゃないけれど、残念ながらね。……
ヴェルシーニン　そう……なるほど。
マーシャ　うちの人のことを、言うつもりはありません、――もう慣れっこになりましたからね。でも、一体に文官のなかには、がさつで無愛想な、教養のない人がとても多いですわ。がさつな人を見ると、わたしはむかむかして、腹が立ってきますの。神経のあらい、柔和さや愛想の欠けた人を見ると、わたし胸ぐるしくなってきますの。うちの人の同僚の、教師なかまの席へ出るような時には、それこそ地獄の責苦ですわ。
ヴェルシーニン　なるほど。……しかし僕としては、文官も武官も同じことで、少なくもこの町じゃ、べつに甲乙はないと思いますね。同じことですよ！　文官でも武官でもいい、誰かこの町の知識人《インテリゲント》の言い草を聞いてごらんなさい——細君のことで精根からした、やれ家《いえ》のことで精根からした、やれ領地のことで精根からした、やれ馬のことで精根からした、まあそんなところですよ。……一体ロシア人は、高尚《こうしょう》な物の考え方をすこぶる以《もっ》て得意とする人種のくせに、実生活となると、どうしてこう低級をもって任ずるんでしょうかね？　なぜでしょう？

マーシャ　なぜでしょう？

ヴェルシーニン　なぜ男は、子供のことで精根からしたり、細君のことで精根からしたりするんでしょう？　なぜまた、細君や子供のほうでも、彼のために精根からすのでしょう？

マーシャ　あなたは今日、すこしご機嫌《きげん》ななめなのね。

ヴェルシーニン　かも知れません。僕は今日、夕めしをやりませんでした。朝から何も食べていないんです。じつは娘が少々加減が悪いのでね。いつも娘が病気をすると、僕は落ちつきを失って、あんな母親を持って可哀そうにと、良心の呵責《かしゃく》を感じるのです。ああ、あなたがもし、今日の家内《あれ》のざまをご覧になったらね！　なんというくだらん女でしょう。朝の七時から夫婦げんかを始めて、九時に僕はドアをバタンといわせて、飛び出してしまったのです。（間）僕はこんなことを、ついぞ口に出したことはないのに、不思議なことにあなたにだけは、こうして愚痴をこぼすんですよ。（女の手にキスする）無礼なやつだと、腹を立てないでください。あなたのほかに、僕には誰ひとり話相手がない、誰ひとり……（間）

マーシャ　煖炉《ペチカ》のなかで、ごうごういうこと！　父が亡くなる少し前にも、煙突がうなりましたわ。ちょうどこんな具合に。

ヴェルシーニン　あなたは迷信家ですか？

マーシャ　ええ。

ヴェルシーニン　これは驚いた。（手にキスする）あなたは世にも珍しい、立派な婦人です。世にも珍しい、立派なね！　こうして暗いなかにいても、あなたの眼《め》のきらきらするのが見える。

マーシャ　（ほかの椅子《いす》に腰をおろす）こっちのほうが明るいわ。……

ヴェルシーニン　僕は好きだ、好きです、好きなんです……あなたの眼が、あなたの一挙一動が、――夢に見るほどなんです。……まったく珍しい、立派な婦人だ！

マーシャ　（小さな笑い声を立てて）あなたがわたしを相手に、そんな話をなさると、わたしなんだか笑いたくなるの。そのくせ、こわいんですけどね。もう二度となさらないで、お願いですわ。……（小声で）でもやっぱり、話してちょうだい、どうせわたしには同じことだもの……（両手で顔をおおう）わたしには、同じことだもの。あ、誰か来るわ、何かほかのことを話して……

イリーナとトゥーゼンバフ、広間を通って登場。

トゥーゼンバフ　僕の苗字《みょうじ》は、三重《さんじゅう》なんですよ。つまり、男爵《だんしゃく》トゥーゼンバフ・クローネ・アリトシャウエル（訳注　正確にドイツよみにすれば、トゥーゼンバッハ……アルトシャウアーになるが、本人がロシア人と名乗っているので、わざとロシア風にしておく）というんですが、僕はあなたと同じロシア人で、正教徒ですよ。ドイツ的なところは、僕にはほとんど残っていません。まあ強《し》いて言えば、強情我慢なところぐらいで、それでもってあなたに、この通りうるさがられているわけです。何しろ毎晩、あなたをお送りしていますからね。

イリーナ　ああ、くたびれたわ！

トゥーゼンバフ　これからも毎日、電信局まで行って、お宅まで送って来ますよ。十年でも二十年でも、あなたに追っぱらわれるまではね……（マーシャとヴェルシーニンをみとめて、嬉《うれ》しそうに）あなたがたでしたか？　今晩は。

イリーナ　やっと、うちに帰れたわ。（マーシャに）今しがたも、どこかの奥さんが局に来てね、今日むすこさんが死んだので、サラートフの兄さんのところへ電報を打つんですって。ところがどうしてもアドレスが思いだせないの。それで、ただサラートフとして、住所なしで打ってしまったわ。泣いてるのよ。あたし、わけもいわれもないのに、ついその奥さんに荒い口をきいてしまったの、——「いま、忙しいんですから」だなんて。馬鹿なこと、しちゃった。今晩、仮装踊りの人たち、来るの？

マーシャ　ええ。

イリーナ　（肘《ひじ》かけ椅子にかける）ひと休みしなくちゃ。くたびれたわ。

トゥーゼンバフ　（ほほえんで）あなたが勤めから帰ってくると、まだほんのちいさい、不仕合せな娘に見えますよ。……（間）

イリーナ　くたびれたわ。いやだわ、あたし電信なんか。きらいだわ。

マーシャ　痩せたわね、あんた。……（口笛を吹く）そして若くなったし、顔なんか男の子みたいになったわ。

トゥーゼンバフ　それは髪形《かみ》のせいですよ。

イリーナ　何かほかの勤めをさがさなくちゃ。今のは、あたしに向かないわ。あたしがあんなに望んでいたもの、あんなに空想していたものが、選《よ》りに選って無いんだもの。詩もない、思想もない労働なんて……（床をコツコツいわせる音）軍医《ドクトル》さんが、コッコッいわせてるわ。（トゥーゼンバフに）ねえ、トントン鳴らしてちょうだい。あたし、できないの……へとへとなの……

トゥーゼンバフ　（床を鳴らす）

イリーナ　いま来るわ。なんとか方法を考えなくてはねえ。きのう、ドクトルとアンドレイ兄さんがクラブへ行って、またふたりとも負けたのよ。人の話じゃ、兄さんは二百ルーブリ負けたんですって。

マーシャ　（気がなさそうに）今さら、どうしようもないわ！

イリーナ　二週間まえにも負けたし、十二月にも負けたのよ。いっそ、すってけてんに負けちまえば、この町からみんなで逃げ出せるかも知れないわ。あたし切ないのよ、毎晩モスクワの夢を見るの――あたし、すっかりどうかしちまったわ。（笑う）あたしたち、六月には向うへ移るんだから、六月まではまだ……二月、三月、四月、五月……ざっと半としあるわ！

マーシャ　ただね、カードに負けたこと、〔なんとか〕ナターシャの耳にはいらないようにしなくてはね。

イリーナ　あの人、どうも感じやしないわ、きっと。

チェブトイキン、夕食（訳注 だいたい午後四時ごろにする習慣）後ひと休みしていた寝床から起き出したばかりのていで、広間にはいって来て、髯をなでつけ、それからテーブルに向って腰をおろして、ポケットから新聞を出して読む。

マーシャ　そら来たわ。……あの人、部屋代はらって？

イリーナ　（笑う）いいえ。八カ月のあいだ一文も。きれいに忘れてるのよ。

マーシャ　（笑う）あの偉そうな坐りよう！

一同わらう。間。

イリーナ　どうして黙ってらっしゃるの、ヴェルシーニンさん？

ヴェルシーニン　さあね。お茶がほしいんです。一杯の茶のためなら、命はんぶん投げ出してもいいくらい！　朝からなんにも食べていないのでね……

チェブトイキン　イリーナさん！

イリーナ　なあに？

チェブトイキン　ちょっと来てください。Venez《ヴネ》 ici《ジシ》.（訳注 フランス語。「どうぞこちらへ」）（イリーナは行って、テーブルに向ってかける）あなたがいないと、どうも淋しくて。（イリーナ、ペーシェ

ンス（訳注　トランプの独りうらない）の札をならべる）

ヴェルシーニン　どうです？　お茶が出ないのなら、ひとつ哲学論でもやりますか。

トゥーゼンバフ　やりましょう。題目は？

ヴェルシーニン　そうですな、ひとつ空想の羽をひろげてみようじゃないですか……例えば、われわれのあと、二、三百年後の生活、ということでも。

トゥーゼンバフ　ははあ？　われわれのあとでは、人が軽気球で飛行するようになるでしょうし、背広の型も変るでしょう。もしかすると第六感というやつを発見して、それを発達させるかも知れない。しかし生活は、依然として今のままでしょう。生活はやっぱりむずかしく、謎《なぞ》にみち、しかも幸福でしょう。千年たったところで、人間はやっぱり、「ああ、生きるのは辛《つら》い！」と、嘆息するでしょうが――同時にまた、ちょうど今と同じく、死を怖《おそ》れ、死にたくないと思うでしょう。

ヴェルシーニン　（ちょっと考えて）なんと言ったらいいか？　僕《ぼく》の感じで行くと、地上のものは一切、徐々に変化すべきものだし、現にもうわれわれの眼の前で、変りつつあるんですね。二百年三百年したら、いやいっそ千年もたったら――そんな期限なんか問題ではないが、――新しい幸福な生活が、やってくるでしょう。その生活に加わることは、もちろんわれわれにはできないが、その新しい生活のために現在われわれは生きているのであり、働いているのであり、かつは苦しんでいるのであり、要するにそれを創造《つく》りつつあるわけで――この一事にこそ、われわれの生存の目的もあれば、また言うべくんば、われわれの幸福もあるわけです。

マーシャ（小さな笑い声を立てる）

トゥーゼンバフ　どうしたんです？

マーシャ　知らないわ。今日は朝から、一んちじゅう笑ってるの。

ヴェルシーニン　僕は、君とおなじ学校を出ましたが、陸軍大学へは行きませんでした。僕はずいぶん本を読みますが、なにしろ本を選ぶだけの目がないので、全然見当ちがいのものばかり読んでいるかも知れません。が、それはとにかく、年をとればとるほど、ますます知識欲が出てくる。僕の髪は日ましに白くなって、まずもって老人ですが、知っていることは少ない、いや、じつに少ない！　それでいながら、どうやら肝腎《かんじん》かなめの本筋だけは、知っているような気がする、――しかと心得ているような気がする。で僕は、なんとかして君に証明して見せたい――われわれには幸福なんかありはしない、あるべきはずがないし、この先もありようがない、ということをね。……われわれはただ、働いて働きぬかねばならんので、幸福というものは――われわれのずっと後の子孫の取り前なんですよ。（間）僕は駄目《だめ》として、せめて僕の孫のまた孫あたりでもね。

フェドーチクとローデが広間にあらわれる。ふたりは腰をおろし、ギターを弾きながら小声で歌う。

トゥーゼンバフ　あなたの考えだと、幸福を夢見ることさえ相成らん、ということになりますね！　しかし、僕がいま幸福だとしたら！

ヴェルシーニン　そんなことはない。

トゥーゼンバフ　（両手をピシャリと打合せて、笑いながら）要するにわれわれは、お互い理解ができないというわけですね。ふむ、どうしてあなたを納得させたものか？

マーシャ　（小声で笑う）

トゥーゼンバフ　（指を立てて彼女をおどしながら）お笑いなさい！（ヴェルシーニンに）二、三百年のちどころか、たとえ百万年たったところで、人の生活はやはり元のままでしょう。それは変化せず、その持って生れた法則にしたがって、常に一定不変のはずですが、さてその法則が何かということは、われわれの与《あず》かり知るところではないし、また少なくも、とうてい知る時はないでしょう。渡り鳥——たとえば鶴《つる》なんかは、空を飛ぶ、飛んで行きます。高尚な、あるいは低級な、どんな思想が彼らの頭に湧《わ》いたにせよ、やっぱり彼らは飛んで行くでしょうし、どこへ何しに行くのかは、知り得ないでしょう。たとえどんな哲学者が彼らのなかに出て来ようと、彼らは現に飛んでいるし、こののちも飛ぶことでしょう。勝手に哲学をならべるがいい、おれたちは飛びさえすりゃいいんだ、とね。……

マーシャ　それだって意味が？

トゥーゼンバフ　意味がねえ……。いま雪が降っている。なんの意味があります？

（間）

マーシャ　わたし、こう思うの――人間は信念がなくてはいけない、少なくも信念を求めなければいけない、でないと生活が空虚になる、空っぽになる、とね。……こうして生きていながら、何を目あてに鶴が飛ぶのか、なんのために子供は生れるのか、どうして星は空にあるのか――ということを知らないなんて。……なんのために生きるのか、それを知ること、――さもないと、何もかもくだらない、根なし草になってしまうわ。（間）

ヴェルシーニン　なんにしても惜しいですよ、青春が過ぎ去ったことは……

マーシャ　ゴーゴリに（訳注『検察官』の第五幕）、こんな文句があるわ。とかく浮世は退屈だよ、諸君！　って。

トゥーゼンバフ　僕なら、こう言いますね。——とかく議論は、厄介《やっかい》だよ、諸君！　ってね。まったく、あなたがたという人は……

チェブトイキン　（新聞を読みながら）バルザック、ベルジーチェフ（訳注　バルザックがウクライナのベルジーチェフでハンスカ夫人と正式に結婚したのは、一八五〇年三月十四日のことである）において結婚。

イリーナ　（小声で歌う）

チェブトイキン　これはひとつ、手帳に書きとめておこう。（書きとめる）バルザック、ベルジーチェフにおいて結婚、と。（新聞を読む）

イリーナ　（ペーシェンスの札を並べながら、物思わしげに）バルザック、ベルジーチェフにおいて結婚。

トゥーゼンバフ　運命は決しましたよ。ねえ、マーシャさん、じつは僕、辞表を出したんです。

マーシャ　伺ったわ。でもわたし、さっぱり感服できないの。文官って、わたし嫌《きら》いよ。

トゥーゼンバフ　同じこってすよ。……（立ちあがる）僕は風采《ふうさい》があがらんから、軍人にゃ向かんのです。まあ、同じことですがね、どっちみち。……僕は働きますよ。

せめて一生のうちに一ん日でもいいから、うんと働いてみたいものだ——その晩うちへ帰ってくるなり、疲労のあまりベッドへぶっ倒れて、すぐさま高いびき、といった具合にね。（広間へ行きながら）労働者はさだめし、ぐっすり寝るこったろうなあ！

フェドーチク　（イリーナに）今しがた、モスクワ通りのプイジコフの店で、あなたにと思って色鉛筆を買ってきました。それから、このナイフも……

イリーナ　あなたは、いつまでもあたしを、子供あつかいになさるのね。でもあたし、もう大きいのよ。……（色鉛筆とナイフを手に取って、嬉しそうに）まあ、奇麗！

フェドーチク　自分のも買いましたよ……ほら、ご覧なさい……大きなナイフ、もう一本ナイフ、それからもう一つ、これは耳を搔《か》くやつ、この小さい鋏《はさみ》は、爪《つめ》をきれいにする……

ローデ　（大声で）ドクトル、あなたのお齢《とし》は？

チェブトイキン　わたしか？　三十二。（笑声）

フェドーチク　じゃ僕が、ほかの独りうらないを見せたげましょう。……（札を並べる）

サモワールが出る。アンフィーサがサモワールの世話をやく。しばらくしてナターシャがはいって来て、食卓の世話を同じくやく。ソリョーヌイが登場して、挨拶《あいさつ》をかわして食卓につく。

ヴェルシーニン　それにしても、ひどい風ですなあ！
マーシャ　そうね。沢山だわ、冬なんか。わたしもう、夏ってどんなものだか、忘れちまった。
イリーナ　ペーシェンスは、うまくできたらしいわ。ね、そうでしょう。モスクワへ行けるってわけね。
フェドーチク　いいや、そうは行かない。ほらね、八がスペードの二の上にあるでしょう。（笑う）これはつまり、あなたはモスクワへ行けないということです。
チェブトイキン　（新聞を読む）チチハル（訳注　北満洲の町）発。当地に天然痘猖獗《しょうけつ》。
アンフィーサ　（マーシャのそばへ寄って）マーシャ、さあお茶ですよ、いらっしゃいまし、（ヴェルシーニンに）どうぞ、大佐さま……ついお名前を忘れましたで、あしからず……（訳注　正式には相手を名と父称で呼ぶのが礼儀であるが、それが思いだせないので失礼をわびるのである）
マーシャ　こっちへ来ておくれ、ばあや。わたし行かないわ。

イリーナ　ばあや！
アンフィーサ　はいただいま！
ナターシャ　（ソリョーヌイに）乳《ち》のみ児《ご》って、ほんとによくわかるものなのね。「お早う、ボービク。お早う、坊や！」って言いますとね、何かこう特別な目つきで、わたしを見るんですよ。あなたはこれが、母親のヒイキ目とお考えでしょうけど、いいえ、断然ちがいますわ！　あれは普通の赤んぼじゃありませんわ。
ソリョーヌイ　その赤んぼが僕のだったら、僕はフライパンで焼いて、食べちまいますがね。（グラスを持って客間へ行き、隅《すみ》に腰をおろす）
ナターシャ　（両手で顔をおおって）まあ乱暴な、無教育な人！
マーシャ　いま夏なのやら、それとも冬なのやら、気もつかずにいる人は幸福ね。わたし思うの――モスクワへ行ったら、お天気のことなんか、どうでもよくなるだろうと……
ヴェルシーニン　二、三日まえ僕は、あるフランスの大臣が獄中で書いた日記を読みました。その大臣は、例のパナマ疑獄（訳注　一八八九年にパナマ運河会社が失敗して、社長レセップスをはじめ言論界や政界の大立物が汚職に問われた大疑獄を指す）で有罪になった人です。それがね、じつに陶酔的な感激口調でもって、獄窓から眺めた小鳥のことを述べている。大臣をしていた頃《ころ》は、気にもとめなかった小鳥のことをね。もちろん、出獄した今となっては、また元どおり、小鳥なんか気にもとめないにちがいない。それと同様にあなたも、いざ住みついてみれば、モスクワなんか目につかなくなりますよ。幸福は現にわれわれにもないし、またそのへんに転がっているものでもない。ただ願い求めるだけのことですよ。

トゥーゼンバフ　(テーブルから化粧箱をとり上げて)　おや、キャンディは？

イリーナ　ソリョーヌイが平らげたわ。

トゥーゼンバフ　全部ですか？

アンフィーサ　(茶を差出しながら)　お手紙でございますよ、旦那《だんな》。

ヴェルシーニン　わたしに？　(手紙を受けとる)　娘からだ。(読む)　ふん、そうだろうて。……失礼ですが、マーシャさん、僕はこっそり帰ります。お茶は頂きますまい。(興奮のていで立ちあがる)　いつになっても、この騒ぎだ……

マーシャ　なんですの？　秘密じゃない？

ヴェルシーニン　(小声で)　家内がまた毒をのんだのです。行かなくちゃなりません。そっと目につかんように抜け出します。いや、じつに不愉快千万なことです。(マーシャの片手にキスする)　可愛《かわい》いマーシャさん、あなたはじつにいい人だ、すばらしい女性だ。……僕、ここからそっと抜けますからね。……(退場)

アンフィーサ　どこへ行きなさるやら？　せっかくお茶を出したのにさ。……なんという人だろうね。
マーシャ　（腹だちまぎれに）あっちへおいでったら！　お前がうろうろするおかげで、安まる時もありゃしない。……（茶碗《ちゃわん》を持ってテーブルのほうへ行く）お前にはうんざりだよ、このもうろく！
アンフィーサ　何をそう怒《おこ》りなさる？　なあ嬢ちゃん！
アンドレイの声　アンフィーサ！
アンフィーサ　（口まねする）アンフィーサ！　のうのうと、ふんぞり返ってさ……
（退場）
マーシャ　（広間のテーブルのそばで、腹だたしく）わたしにも坐《すわ》らせてちょうだい！（テーブルの上のカードをかき回す）カードなんかで場所を取ったりしてさ。お茶を飲んだらどう！
イリーナ　まあマーシャ、あんた意地わるねえ。
マーシャ　意地わるなら、相手にならないでちょうだい。ほっといてちょうだい！
チェブトイキン　（笑いながら）そうそう、ほっときなさい、かまわんどきなさい。
……

マーシャ　あなたは六十ですよ。だのに、まるで小僧っ子みたいに、馬鹿《ばか》くさいことばかり言ってさ。

ナターシャ　（ため息をつく）ねえマーシャ、なんだってそんな口の利《き》き方をするのよ？　あんたのその器量なら、どんな社交界へ持ち出したって、わたし遠慮なしに言うけど、魅力満点なのにねえ――ただ、そんな口さえ利かなければ。Je《ジュ》 vous《ヴー》 prie《プリ》, pardonnez《パルドンネ》 moi《ムア》, Marie《マリー》, mais《メ》 vous《ヴー》 avez《ザヴェ》 des《デ》 manières《マニエール》 un《アン》 peu《プ》 grossières《グロシエール》.（訳注　フランス語。「こんなこと言って失礼ですけれど、マリー、あなたの態度には少し荒っぽいところがある」これを聞いてトゥーゼンバフがふき出すのは、このフランス語のたどたどしい発音のせいもあろうが、むしろナターシャが自分のことはタナに上げて言うおかしみからであろう）

トゥーゼンバフ　（笑いをこらえながら）僕に、そ……それをください。……そ、それ、コニャックでしょう……

ナターシャ　Il《イル》 paraît《パレ》 que《ク》 mon《モン》 Bobik《ボービク》 déjà《デジャ》 ne《ヌ》 dort《ドール》 pas《パ》.（訳注　フランス語。「うちのボービクは、もう眠っていないらしい」）もうお目覚《めざ》だわ。あの子は今日、加減が悪いんですの、ちょっと見てきますわ、失礼……（退場）

イリーナ　ヴェルシーニンさん、どこへいらしたの？

マーシャ　うちへ。あの人の奥さん、また何かしでかしたのよ。

トゥーゼンバフ　（コニャックのはいったカット・グラスの瓶《びん》を両手に持って、ソリョーヌイのところへ行く）相変らず君は一人で坐って、何か考えてますね――何を考えてるのか、さっぱりわからない。さあ仲直りしようじゃないですか。コニャックでも一緒にやって。（ふたり飲む）今晩ぼくは、夜っぴてピアノを弾かされるんだろうな、さぞ馬鹿の限りを弾くことでしょうよ。……ええ、どうともなれだ！

ソリョーヌイ　どうして仲直りするんです？　僕は君と喧嘩《けんか》なんかしてやしない。

トゥーゼンバフ　でも君はしょっちゅう、われわれの仲に何事かあったような、そんな感じを起させるじゃないですか。君は奇人ですよ、それは否定できない。

ソリョーヌイ　（朗読口調で）然《しか》り、余は奇人なり、誰《だれ》か奇人ならざらん！　怒《いか》るをやめよ、のうアレーコ！

トゥーゼンバフ　なんだって、アレーコなんか持ちだすんです……（間）

ソリョーヌイ　僕は、誰かと二人きりでいる時にゃ、別にどうということもない、僕は人並みなんだが、人なかへ出ると、とたんに気が滅入《めい》って、引っこみ思案になっちまう……そして愚にもつかんことを、しゃべるんです。だが、それにしても僕は、すこぶる、すこぶる多くの連中よか潔白で、品位もありますよ。なんなら、証明してみせてもいい。

トゥーゼンバフ　僕はちょいちょい、君には腹が立ちます。われわれが人なかへ出ると、君はしょっちゅう、僕《ぼく》に突っかかってきますからね。しかし、それでもやっぱり、なぜか君は憎めない人だ。まあ、どうともなれだ、今日は大いに飲みましょう。さ、一ついきましょう。

ソリョーヌイ　いきましょう。（ふたり杯をあげる）僕はね、男爵《だんしゃく》、ついぞ君に反感をいだいたことなんかないですよ。ただし僕は、レールモントフ的性格の持主なんです。（小声で）僕の顔は、いささかレールモントフに似てさえいる……人の話ではね……（ポケットから香水壜《こうすいびん》を出して、両手に注ぎかける）

トゥーゼンバフ　辞表は出してある。ストップだ！　五年のあいだ迷ったあげく、やっと決心がついた。これから働きますよ。

ソリョーヌイ　（朗読口調で）怒《いか》るをやめよ、のうアレーコ。忘れよ、なんじが妄想《ゆめ》を……

ふたりが話している間に、アンドレイが本を手に静かに登場して、蠟燭《ろうそく》のそばに腰をおろす。

トゥーゼンバフ　これから働きますよ。

チェブトイキン　（イリーナと一緒に、客間へ出て来ながら）それからご馳走《ちそう》も、やはり本式のコーカサス料理でね、ネギのスープに、焼いたものには――チェハールトマという、これが肉でね。
ソリョーヌイ　チェレムシャーは断じて肉じゃない、こっちのネギみたいな植物ですよ。
チェブトイキン　いいや、あんた。チェハールトマはネギじゃない、羊の肉を焼いたものさね。
ソリョーヌイ　ところが僕は、チェレムシャーはネギだと言うんだ。
チェブトイキン　ところがわたしは、チェハールトマは羊の肉だと言うのさ。
ソリョーヌイ　ところが僕は、チェレムシャーはネギだと言うんだ。
チェブトイキン　あんたと議論したところで始まらんよ。カフカズ《コーカサス》へ行ったこともなければ、チェハールトマを食べたこともない人だからね。
ソリョーヌイ　なるほど食べたことはない、とても鼻もちならんからね。チェレムシャーは、ニンニクそっくりの臭《にお》いがするんです。
アンドレイ　(哀願するように)沢山ですよ、皆さん！　お願いだから！
トゥーゼンバフ　仮装踊りの連中は、いつ来るんです？
イリーナ　九時ごろという約束だから、もうじきよ。

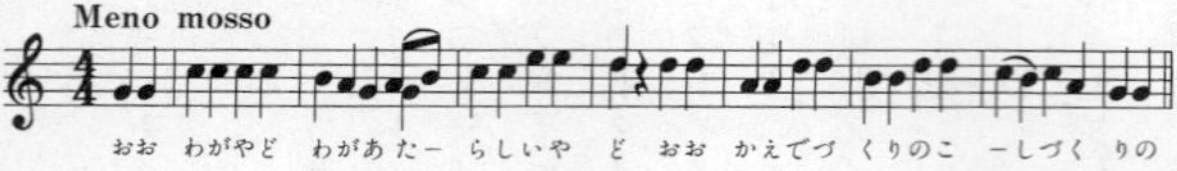
Meno mosso
おお　わがやど　わがあたー　らしいや　ど　おお　かえでづ　くりのこ　ーしづく　りの

トゥーゼンバフ　（アンドレイを抱く）おお、わが宿、わが新しい宿
……

アンドレイ　（踊り、かつ歌う）おお、楓《かえで》づくりの……

チェブトイキン　（踊る）格子《こうし》づくりの！　（笑声）（訳注　有名なロシア民謡）

トゥーゼンバフ　（アンドレイにキスする）ええ、ちくしょう、一杯いこうや、アンドレイ君。ひとつ、〝君ぼく〟で一杯いこうや。僕と君と一しょに、ねえアンドレイ、モスクワへ行くぞ、大学へはいるんだ。

ソリョーヌイ　大学ってどれだ？　モスクワには大学が二つある。

アンドレイ　モスクワには、大学は一つさ。

ソリョーヌイ　ところが僕は、二つあると言うんだ。

アンドレイ　じゃ、三つでもいいです。なおさら結構。

ソリョーヌイ　モスクワには、大学が二つあるんだ！　（不満のつぶやき、シッシッと制する声が起る）モスクワには、大学は二つある――古いのと新しいのと。だが、もし聴くのがお厭《いや》なら、僕の言うことが癇《かん》にさわるんなら、僕はしゃべらんでもいいです。いっそ、別の

部屋へ退却してもいいさ。……（ドアの一つから退場）

トゥーゼンバフ　ブラヴォー、ブラヴォー！（笑う）みなさん、さあ始めなさい、僕は坐って弾きますよ！おかしな奴《やつ》だよ、あのソリョーヌイは……（ピアノに向ってワルツを弾く）

マーシャ　（ひとりでワルツを踊る）男爵酔《バロンべろん》った。バロン酔《べろん》った、バロン酔《べろん》った！（訳注　原文は、「バロン・ピヤン、バロン・ピヤン、バロン・ピヤン」と巧みにピアノの音色を模してある。チェーホフの得意の手である）

ナターシャ登場。

ナターシャ　（チェブトイキンに）チェブトイキンさん！（何かチェブトイキンに言って、そっと退場。チェブトイキンはトゥーゼンバフの肩をつついて、何ごとか耳打ちする）

イリーナ　どうしたの！

チェブトイキン　おひらきの時刻です。ご機嫌《きげん》よう。

トゥーゼンバフ　おやすみなさい。もう帰らなくては。

イリーナ　ちょっと待って……。じゃ、仮装踊りの人たちは……？

アンドレイ　（どぎまぎして）あの連中は来ないよ。だってさ、イリーナ、ちょっとボービクの加減が悪いようだと、ナターシャが言うのでね、だからその……。まあ要するに、僕は知らないよ。僕はまったく、どっちだっていいんだ。

イリーナ　（肩をすくめて）ボービクが病気ですって！

マーシャ　死なぬが花よ、か！　追ったてられるなら、帰るよりないわね。（イリーナに）病気なのはボービクじゃない、あの人自身よ。……ほら、ここが！　（額を指でたたく）俗物なのよ！

アンドレイは右手のドアから自分の部屋へ退場。チェブトイキンそれにつづく。広間では別れの挨拶。

フェドーチク　じつに残念だなあ！　僕は一晩愉快にあそぶつもりでしたが、赤ちゃんが病気ということなら、もちろんそりゃあ……。僕あした、おもちゃを持ってきて上げましょう。……

ローデ　（声高に）ぼく、今日はわざわざ昼寝をして来たんです。朝まで踊り明かす覚悟でね。まだやっと九時じゃありませんか！

マーシャ　とにかく往来《そと》へ出ましょう。そこで相談して、何をどうするか決めましょう。

「さよなら！」「ご機嫌よう！」の声がきこえる。トゥーゼンバフの陽気な笑い声がする。一同退場。アンフィーサと小間使が食卓を片づけ、あかりを消す。乳母の歌ごえがきこえる。アンドレイが外套《がいとう》に帽子をかぶり、チェブトイキンとともに、そっと登場。

チェブトイキン　わたしは結婚するひまがなかったのさ。まず第一に、生涯《しょうがい》は稲妻のように閃《ひらめ》きすぎちまったし、それからもう一つ、もう人妻になっている君のおっ母さんに、夢中で惚《ほ》れこんでいたものでな……

アンドレイ　結婚なんて、いらんことですよ。なぜいらないかと言うと、退屈だからです。

チェブトイキン　そりゃまあそんなもんだが、孤独というやつもねえ。どう理屈をつけてみたところが、孤独はおそろしい代物《しろもの》さね、なあ君。……もっとも煎《せん》じつめてみりゃ……もちろん、絶対に同じことじゃあるがね！

アンドレイ　早く行きましょう。

チェブトイキン　なぜそう急ぐんだね？　十分まにあうよ。

アンドレイ　家内にとめられやしないかと、心配なんですよ。

チェブトイキン　ははあ！

アンドレイ　今日は勝負はやりませんよ。ただ暫《しばら》く見物するだけ。からだの調子が悪いんです。……どうしたらいいんです、チェブトイキンさん、息切れがするんだけれど?

チェブトイキン　なんてことを訊《き》くんだ! 覚えてるもんかね、なあ君。知らないねえ。

アンドレイ　台所を抜けてきましょう。(ふたり退場)

呼鈴が鳴る。やがてまた呼鈴の音。人ごえや笑い声がきこえる。

イリーナ　(登場)あれは何?

アンフィーサ　(ひそひそ声で)仮装の連中ですよ! (呼鈴の音)

イリーナ　そう言っとくれ、ばあや、うちには誰もいないって。堪忍《かんにん》してもらうんだね。

アンフィーサ退場。イリーナは考えこんで、部屋の中を歩く。興奮しているのである。ソリョーヌイ登場。

ソリョーヌイ　(けげんそうに)誰もいない。……みんな、どこへ行ったんだろう?

イリーナ　うちへ帰ったのよ。
ソリョーヌイ　変だなあ。あなた、ひとりですか？
イリーナ　ええ、ひとり。（間）さよなら。
ソリョーヌイ　さっき僕は、いささか大人げない、不謹慎なまねをしました。しかしあなたは、ほかの連中とちがって高尚《こうしょう》で純潔な人だから、事の真相を見ておられるでしょう。……僕を理解してくださるのは、あなた一人だけです。僕はあなたを愛します、深く、限りなく愛しています。……
イリーナ　さよなら！　お帰りになってね。
ソリョーヌイ　僕は、あなたなしには生きて行けません。（彼女のあとを追いながら）あなたは、僕の天女です！（涙ごえで）僕の幸福のすがたです！　そのすばらしい、まか不思議な、なんとも言えない眼《め》のかがやき——そんな眼をもった女性を、僕は一人も見たことがない……
イリーナ　（冷やかに）やめてちょうだい、ソリョーヌイさん！
ソリョーヌイ　僕ははじめて、あなたに愛を告白するんです。まるでこの身は地上にあるのじゃなくて、ほかの遊星にあるような気持です。（額をこする）ふん、まあしかし同じことだ。愛の押し売りはできませんからね。もちろん。……ただね、競争者の幸福を、僕はゆるしませんよ。……断じて許しませんよ。……あらゆる聖者の名にかけて誓いますが、その競争者を僕はぶっ殺してやる。……おお、天使のようなあなた！

ナターシャ、蠟燭を持って登場。

ナターシャ （一つ二つとドアをのぞき、それから夫の部屋へ通じるドアの前に通りかかる）ここはアンドレイだわ。まあ、本を読ましておきましょう。ごめんなさい、ソリョーヌイさん、ここにおいでとは知らなかったもので、部屋着のままなんかで……
ソリョーヌイ 僕にゃどっちみち同じことです。さよなら！ （退場）
ナターシャ あんた疲れたでしょうね、可愛《かわい》いお嬢さん、かわいそうに！ （イリーナにキスする）も少し早目に寝られるといいのにねえ。
イリーナ ボービクはお寝んね？
ナターシャ 寝てるわ。でも落ちつきのない眠りようだわ。あ、ちょうどいい。わたしあんたに話そう話そうと思ってたんだけれど、ついあんたがいなかったり、わたしが忙しかったりで。……ボービクには今の子供部屋じゃ、寒くてじめじめするような気がするの。あんたの部屋は、赤ちゃんには持ってこいだわ。ねえあんた、どうかしら、当分オーリャの部屋へ移ってくれたら！

イリーナ　（解《げ》しかねて）どこへ？

鈴のついたトロイカが家の前へ乗りつける音がする。

ナターシャ　あんたには当分、オーリャと同居してもらって、あんたの部屋にボービクを置くのよ。ほんとにあの子は可愛い子でね、今日もわたしが、「ボービク、いい子！　いい子ね！」って言うと、こんな小っちゃな眼で、わたしをじっと見るのよ。（呼鈴の音）オーリガよ、きっと。まあまあ、おそいこと！

小間使がナターシャへ歩み寄って、耳打ちする。

ナターシャ　プロトポーポフだって？　変りもんだわねえ。プロトポーポフがやって来て、一緒にトロイカでドライブしようって、わたしを呼んでるのよ。（笑う）男って、ほんとに妙だわねえ。……（呼鈴の音）また誰か来たわ。じゃ、ほんの十五分ほど乗ってこようかしら。……（小間使に）すぐ参りますって言っとくれ。（呼鈴の音）またベルだわ……こんどこそオーリガよ、きっと。（退場）

小間使、小走りに退場。イリーナは坐《すわ》ったまま考えこむ。クルイギン、オーリガ、つづいてヴェルシーニン登場。

クルイギン　こりゃどうしたことだ。夜会があるという話だったが。
ヴェルシーニン　おかしいな。わたしはついさっき、半時間ほど前に出て行ったのだが、その時は仮装の連中を待っていましたがね。……
イリーナ　みんな出て行ったの。
クルイギン　マーシャも出て行ったかね？　どこへ行ったんだろうな？　なぜまた、プロトポーポフが下で、トロイカに乗って待ってるんだろう？　誰を待ってるんだろう？
イリーナ　そう立てつづけに問題を出さないで。……あたし、疲れてるの。
クルイギン　ふん、気まぐれ屋さん……
オーリガ　会議がやっと今すんだところですの。わたし、くたくたになっちまった。校長が病気だもので、今わたしが代理をしているの。あたまが……あたまが痛い、あたまが。……（腰をおろす）アンドレイはきのう、カードで二百ルーブリ負けたんだって。……町じゅうの評判よ。……

クルイギン　そう、わたしも会議でへとへとだよ。（腰をおろす）

ヴェルシーニン　家内がついさっき、わたしをおどかそうとして、毒薬自殺をやりかけましてね。大したこともなく済んだので、わたしは嬉《うれ》しくて、今のうのうしているところです。……この様子だと、帰らなければならんのですね？　仕方がない、ではご機嫌よう。クルイギンさん、ひとつ一緒にどこかへ行こうじゃないですか！　わたしは家《うち》にはいられない、とてもいられない。……行こうじゃないですか！

クルイギン　くたびれた。まあ、やめときましょう。（立ちあがる）くたびれた。マーシャは、うちへ帰ったのかな？

イリーナ　そうよ、きっと。

クルイギン　（イリーナの片手にキスする）さよなら。あすも、あさっても、一んちじゅう休めるんだ。ご機嫌よう！（行きかけて）ああ、お茶が欲しい。ひと晩、愉《たの》しい一座のなかで過すつもりだったのに――O《オ》, fallacem《ファラーケム》 hominum《ホミヌム》 spem《スペム》!（訳注　ラテン語。「あわれ、はかなき人の希望よ！」）感嘆の場合は目的格を用う、か……

ヴェルシーニン　じゃ、ひとりで行くとするか。（口笛を吹きながら、クルイギンとともに退場）

オーリガ　あたまが痛い、あたまが。……アンドレイが負けたって……町じゅうの評判だわ。行って寝ましょう。（行きながら）あしたはお休み。……やれやれ、ありがたいこと！　あしたもお休み、あさってもお休み。……あたまが痛い、あたまが……（退場）

イリーナ　（ひとり）みんな行ってしまった。だあれもいない。

街で手風琴の音。乳母の歌う子守唄《こもりうた》。

ナターシャ　（毛皮外套をき、毛皮の帽子をかぶって、広間を通ってゆく。小間使がそれに従う）半時間したら帰ってくるよ。ちょいと乗ってくるだけだからね。（退場）

イリーナ　（ひとり残って、悩ましげに）モスクワへ！　モスクワへ！　モスクワへ！

――幕――

第三幕

オーリガとイリーナの部屋。左手と右手にそれぞれベッドがあって、衝立《ついたて》で仕切られている。夜なかの二時すぎ。舞台うらで、半鐘が鳴っている。火事はもうだいぶ前に起っているらしい。家のなかでは、まだ誰《だれ》も寝床にはいらずにいる様子。長椅子《ながいす》に、いつものように黒服をきたマーシャが、横になっている。オーリガとアンフィーサ登場。

アンフィーサ　その子たち、下の階段の下に坐《すわ》っておりますよ。……「どうぞ、お二階へ、そこじゃなんぼなんでも」って言いますとね、おいおい泣きながら、「だって、パパが見えないんだもの。どうぞ焼け死にませんように」ですとさ。ほんに、なんてことをねえ！　庭にも、どこの人やら……着のみ着のままの人たちがおりますよ。

オーリガ　（戸棚《とだな》から衣類を取りだす）さ、この鼠色《ねずいろ》のを持っといで。……それから、これも。……このジャケットも。……このスカートも持っといで、ばあや。……ほんとに、なんてことになったもんだろうねえ、やれやれ！　キルサーノフ横町は丸焼けにちがいないよ。……これも持っといで……さあこれも。……（乳母の両手へ衣類を投げる）ヴェルシーニンさんの家の人たち、気の毒に、すっかりおびえていなさるわ。……もう少しで家が焼けるところだったものね。今晩はここにお泊めするんだよ……うちへお帰しするわけには行かないわ。……可哀《かわい》そうに、フェドーチクは丸焼けで、何ひとつ残らなかったって……

アンフィーサ　フェラポントを呼んでくださいまし、ねえオーリャ、わたしにゃ抱《かか》えきれませんで……

オーリガ　（呼鈴を鳴らす）いくら鳴らしたって来やしない。……（ドアをあけて）誰でもいいから、そこにいる人は来ておくれ！　（あけ放たれたドアの口から、空焼けで真っ赤に染まった窓が見える。家のそばを、消防隊の通る音がきこえる）おお、なんておそろしい。ああ、いやだいやだ！

フェラポント登場。

オーリガ　さ、それを持って下へ運ぶんだよ。……階段の下に、コロチーリンのお嬢さんたちがいなさるから……差上げるんだよ。これも上げとくれ。……

フェラポント　かしこまりました。十二年（訳注 ナポレオンの侵入 一八一二年、）にゃ、モスクワがやっぱり焼けましたっけが。やれやれ、おっそろしい！　フランスの兵隊ども、肝をつぶしたもんでしたよ。

オーリガ　おいで、さあ早く……

フェラポント　かしこまりました。（退場）

オーリガ　ねえ、ばあや、ばあや、みんな上げとくれ、ばあや。……わたし疲れたわ、やっと立っているのよ。……ヴェルシーニンさんのうちの人、帰らせちゃいけないよ。……お嬢さんたちは客間に寝かせて、当のヴェルシーニンさんは、下の男爵《だんしゃく》のとこがいいわ。……フェドーチクも男爵のところ、それとも、こっちの広間にしようか。……ドクトルは、まるでわざとのように酔っぱらってる。ぐでんぐでんだから、あの人の部屋には誰も泊められないわ。ヴェルシーニンさんの奥さんも、やっぱり客間にね。

アンフィーサ　（ぐったりして）ねえオーリャ、可愛《かわい》い嬢さん、わたしを追いださないでくださいましよ！　追いださないで！

オーリガ　何を馬鹿《ばか》なことを言うの、ばあや。誰がお前を追いだすものかね。

アンフィーサ　（オーリガの胸に、頭をあずけて）わたしのいとしい、大事な嬢さん、わたしは働いておりますよ、精だしておりますよ。からだが弱ってくると、みんなして、出て行けがしに扱いなさる。このわたしに、なんの行き場がありましょう？　なんの行き場が？　八十でございますよ。数え年じゃ八十二ですもの……

オーリガ　お前、ちょっとお休み、ばあや。……疲れたろうね、可哀そうに。……（椅子にかけさせる）ひと息おいれ、ねえお前。なんて青い顔をしてるの！

ナターシャ登場。

ナターシャ　今あっちでね、一刻も早く罹災者《りさいしゃ》の救済会を、つくらなけりゃならないという話が出てるの。結構じゃない？　立派な考えだわ。全体、一刻も早く可哀そうな人たちは助けなけりゃねえ、それが金持の義務よ。ボービクとソーフォチカは、お部屋でよく寝ているわ、なんにも知らないでね。うちはもう、大ぜい人が押しかけて来て、どこへ行っても、押すな押すなの騒ぎだわ。今この町じゃ、インフルエンザがはやってる。子供たちにうつりゃしないかと心配だわ。

オーリガ　（彼女に耳をかさずに）この部屋は火事が見えないから、まだしも気が休まる……

ナターシャ　そうね。……わたし、きっと髪がくしゃくしゃだわ。（鏡にむかって）わたし太ったと言う人があるけど……嘘《うそ》だわねえ！　全然だわ！　マーシャは寝ている、へとへとなのね、可哀そうに……（アンフィーサに向って、冷やかに）わたしの前で坐ったりなんかして！　お立ち！　さっさと向うへおいで！（アンフィーサ退場。間）どうしてあんた、あんな老いぼれを置いとくの、わからないわ！
オーリガ　（おどおどして）ごめんなさい、わたしにもわからないの……
ナターシャ　なんの役にも立ちゃしない、あんなのがいたって。あれは百姓の生れだから、田舎にいるのが本当よ。……なんという、つけあがりようだろう！　わたし、家の中をきちんとしときたいのよ！　無駄《むだ》な人間が家にいちゃいけないわ。（オーリガの頬《ほお》を撫《な》でる）あんた、可哀そうに疲れたのねえ！　うちの校長先生が、お疲れだわ！　でも、うちのソーフォチカが大きくなって、女学校へはいるようになったら、わたしさぞ、あんたにびくびくするでしょうよ。
オーリガ　わたし、校長になんかならないわ。
ナターシャ　どうせ選挙されるわよ、オーリャ。それは既定の事実よ。
オーリガ　わたし辞退するわ。できないもの……。わたしの力にあまることだもの。……（水を飲む）あんた今、ばあやにとても辛《つら》く当ったわね。……ごめんなさい、でもわたし、あんなの辛抱できないの……眼《め》のなかが暗くなったわ。……
ナターシャ　（心を動かされて）ゆるしてね、オーリャ、ゆるしてね。……わたし何も、あんたに辛い思いをさせるつもりはなかったの。

マーシャが起きあがって、ぷりぷりしながら、クッションを持って退場。

オーリガ　わたしの身にもなってちょうだい、ねえナターシャ……そりゃわたしたち、妙な躾《しつけ》を受けてきたのかも知れないけれど、とにかくあんなこと、黙って見てられないのよ。あんな仕打ちを見ると、わたし身を切られるような思いがして、たまらなくなるの……ただもう、がっかりしてしまうの！

ナターシャ　ゆるしてね、ゆるして……（オーリガにキスする）

オーリガ　どんな些細《ささい》なことでも、荒っぽい扱いや、思いやりのない言いぐさを見聞きするとわたしどきどきしてくるの……

ナターシャ　わたしよく、言わないでもいいことを言うわ、そりゃ全くよ。でも、これだけは本当じゃなくて――あの女、田舎で暮したっていいじゃないの。

オーリガ　あれは、もう三十年もうちにいるのよ。

ナターシャ　でも、今じゃもう働けないじゃないの！　わたしわからず屋なのか、あんたがわたしをわかってくれないのか、そのどっちかだわ、あの女は働き手としてはもうゼロで、ぐうぐう寝たり、坐りこんだりしてるだけよ。

オーリガ　じゃ、坐らせておいたらいいわ。
ナターシャ（あきれたように）坐らせておけですって？　だけどあの女は召使なのよ。（涙ごえで）わたし、あんたの気持わからない、オーリャ。わたしたち夫婦は、守《も》りっ子も置いてるし、新しい乳母も置いてるわ。おまけにこの家《うち》には、小間使もおさんどんもいるじゃないの……そのうえ、なんであんな老いぼれを置いとくことがあるの？　一体なんのためなの？

舞台うらで半鐘の音。

オーリガ　今夜のうちに、わたし十年も老いこんでしまった。
ナターシャ　わたしたち、きっぱり話をつけておく必要があるわ、オーリャ。あんたは学校づとめ、わたしは家《うち》のつとめ。あんたの仕事は授業で、わたしの仕事は――家政だわ。だからわたしが召使のことを口に出す以上、自分の言いぶんはきちんと心得ていますよ。ちゃ・ん・と心得てね。……よし、あすにもあのくたばりそこないの泥《どろ》ぼう婆《ばば》ァ、追んだしてやる……（地だんだを踏む）あの鬼ばばあめ！　……この上お前に、じりじりさせられるのはごめんだよ！　まっぴらだよ！　（ハッと気づいて）ほんとに、あんたが下の部屋へ移ってくれないことにゃ、いつも喧嘩《けんか》の種がつきないわ。ああ、いやだいやだ。

クルイギン登場。

クルイギン　マーシャはどこです？　そろそろ、うちへ帰らなくちゃならん。火事は、下火になったそうだよ。（伸びをする）やっとまあ、一区が焼けただけで済んだが、何しろあの風だ、はじめは町じゅう総なめにされるかと思ったよ。（腰をおろす）くたくただ。わたしの可愛いオーリヤ。……わたしはよく、こう思いますよ——マーシャがいなかったら、わたしゃあんたと結婚したろうってね。あんたは、じつにいい人だ。……ああ、くたびれた。（耳をすます）

オーリガ　なに？

クルイギン　まるでわざとみたいに、ドクトルがガブ飲みをやってね、ぐでんぐでんなんだよ。まるでわざとみたいにね！（立ちあがる）ほら、こっちへ来るらしいぞ。聞えるかい？　そう、やって来る……（笑う）やれやれ、なんて男だ、ほんとに。わたしは、かくれるよ。（戸棚のほうへ行って、隅《すみ》にたたずむ）まったく、しようのない男だ。

オーリガ　二年のあいだ飲まなかったのに、急にまた飲んだくれるなんて……（ナタ

ーシャと一緒に、部屋の奥へ引っこむ)

チェブトイキン登場。しらふの人のように、ふらつかずに部屋を横ぎり、立ちどまり、じっと見つめ、それから洗面台の前へ行って、手を洗いだす。

チェブトイキン　(不機嫌《ふきげん》に)どいつもこいつも、鬼にさらわれちまえ、くたばってしまえ。……おれが医者だから、どんな病気でも癒《なお》せると思ってやがる。ところがおれは、全然なんにも知っちゃいない。知ってたことは、みんな忘れた。なんにも覚えちゃいない、きれいさっぱりさ。(オーリガとナターシャ、彼の気のつかぬまに退場)ええ、畜生め。この前の水曜、埋立地《うめたて》で女の療治をしてやったが——死んじまった。その女が死んだのも、おれが悪いからさ。そうとも。……二十五年も前なら、おれだって何やかや知っちゃいたが、今じゃなんにも覚えていない。何ひとつだって。ことによるとおれは、人間じゃなくって、ただこうして手も、足も、頭もあるような、ふりをしているだけかも知れん。ひょっとするとおれというものは、まるっきり存《あ》りゃしないで、ただ自分が、歩いたり食ったり寝たりしているような、気がするだけかも知れん。(泣く)おお、いっそ存在せんのだったらなあ!(泣きやんで、陰気に)ええ、勝手にするがいい。……おととい、クラブでおしゃべりをした。みんな、シェイクスピアだ、ヴォルテールだのと言う。……おれは読んじゃいない、てんで読んじゃいないが、読んだみたいな顔をしてやった。ほかの奴《やつ》らだって、おれと同じことさ。なんて俗悪な！　卑劣なことだ！　それに、水曜に殺したあの女のことが思いだされて……いや何から何まで思いだされてきて、変にこじれた、むかむかするような、いやァな気持になっちまった……つい出かけて、飲んじまった。

……

イリーナ、ヴェルシーニン、トゥーゼンバフ登場。トゥーゼンバフは、真新しい流行の文官服をきている。

イリーナ　ここで一休みしましょう。ここなら誰も来ませんわ。
ヴェルシーニン　もし兵隊の手がなかったら、町じゅう丸焼けになったにちがいない。えらいもんだ！（満足そうに両手をこする）あっぱれな連中だ！　じつに見あげた連中だ！
クルイギン　（彼らのほうへ出てきて）何時でしょう、みなさん？
トゥーゼンバフ　もう三時をすぎました。そろそろ白んできています。
イリーナ　みんな広間に坐りこんで、誰も出て行かないの。例のあのソリョーヌイも坐ってるわね。……（チェブトイキンに）ねドクトル、あんた行って寝たらいいわ。
チェブトイキン　なあに平気ですよ。……ご心配はありがたいが。（鬚《ひげ》をしごく）
クルイギン　（笑う）べろんべろんですね、チェブトイキンさん！（肩をたたく）大したもんだ！ In《イン》 vino《ヴィノ》 veritas《ヴェリタス》（訳注　ローマのことわざ。「酒中に真あり」）と、古人も言ってますよ。
トゥーゼンバフ　みんなが僕《ぼく》に、罹災者救済の音楽会を開けと言うんですがね。
イリーナ　でも、人がいるかしら……
トゥーゼンバフ　やる気になれば、そりゃ開けますよ。マーシャさんは、僕の見るところじゃ、ピアノがすこぶる堪能《たんのう》ですね。
クルイギン　すこぶる堪能です！
イリーナ　姉さん、もう忘れてるわ。三年も弾かないんだもの……四年になるかしら。
トゥーゼンバフ　この町には、全然だれも音楽のわかる人がいません、誰ひとりとしてね。しかし僕は、僕には耳がありますから、名誉にかけて断言しますが、マーシャさんは立派に、ほとんど天才的に弾かれますよ。
クルイギン　仰《おっ》しゃる通りです、男爵。わたしはマーシャを、すこぶる愛しています。あれは、じつに立派な女です。
トゥーゼンバフ　あれほどに弾く腕をもちながら、しかも同時に、自分を誰も、誰ひとりわかってくれないと、意識しなければならんとはね！

クルイギン　（ため息をつく）そう。……もっとも、あれが音楽会へ出るのは、果して適当かどうかですな？　（間）何しろわたしは、一向に不案内だものですからね。ことによると、それは差支《さしつか》えないことかも知れない。まったくのところ、うちの校長はいい人です。それどころか、すこぶるよくできた、非常に聡明《そうめい》な人ですが、ただあの人の見方によると、その……。いや、もちろん、あの人の知ったことじゃないが、まあとにかく、もしご希望なら、わたしからあの人に話してみてもいいですよ。

チェブトイキン　（陶器製の置時計を手にとって眺《なが》める）

ヴェルシーニン　火事の騒ぎでわたしは、泥んこになってしまった。見られたざまじゃありませんよ。（間）きのう、ちらりと耳にしたんですが、われわれの旅団は、どこか遠方へ移されそうな模様です。ポーランド王国へだという人もあるし、チタへだという人もあります。

トゥーゼンバフ　僕も聞きましたよ。ま、いいでしょう。するとこの町は、まるで空っぽになってしまいますね。

イリーナ　あたしたちも行ってしまうのよ！

チェブトイキン （時計を落す。時計こわれる） 粉みじんだ！

間。みなみな心痛と当惑の面《おも》もち。

クルイギン （かけらを拾いながら） こんな高価な物をこわすなんて——そうれ、チェブトイキンさん、チェブトイキンさん！ あなたの操行はマイナス零点ですぞ！

イリーナ それは亡《な》くなったママの時計よ。

チェブトイキン そうかも知れない。……ママのといえば、つまりママのだ。ことによると、わたしはこわしたのじゃなくてこわしたみたいに見えるだけのことかも知れない。ひょっとすると、わたしたちだって、さも存在してるように見えるだけのことで、じつはいないのかも知れない。わたしは、なんにも知らん。誰《だれ》だって、なんにも知らんのだ。（ドアのそばで） 何をそう見てるのさ？ ナターシャは、プロトポーポフとロマンスがある。が、あんたがたには見えない。……そうして坐《すわ》っていなさるが、さっぱりお日々は見えない。がナターシャは、プロトポーポフとロマンスがある。……（歌う）この椰子《やし》の実を、召すはお厭《いや》か……（退場）（訳注 この歌は今の場合、「既成の事実を認めたがらないのか？」の意味にひびくわけである。ヤシの実とは、「こんなでっかい結実」というわけ）

ヴェルシーニン なるほど。……（笑う） いや、何ごとも実際は、妙なことばかりですよ！（間）火事が起きたとき、わたしは急いで家《うち》へ駆けつけました。そばまで来て、この眼で見ると——家はそっくり無事で、火の手の危険もありません。ところが娘は二人とも、ねまき一枚で入口のところに立っているし、母親の姿は見えず、大ぜいの人が騒ぎまわる、馬や犬が走りまわる、という有様。娘たちの顔には、驚《きょう》愕《がく》というか恐怖というか祈りというか、名状すべからざるものが現われている。その顔を見たとき、わたしはギュッと胸がしめつけられる思いでした。やれやれ気の毒に、この子たちは、この先ながい生涯《しょうがい》に、まだどんな目にあうことだろう！　そう思ったんです。二人を引っかかえて、どんどん走りながら、その一つ考えが頭をはなれないのです——この子たちは、この世でまだ、どんな目にあうことだろう！とね。（半鐘の音。間）ここまで来てみると、母親は先に来ていて、わめいたり、八つ当りしたりしてましてね。

マーシャがクッションをかかえて登場し、長椅子《ながいす》に腰かける。

ヴェルシーニン　うちの娘たちが、ねまき一枚で入口のところに立っている。通りは火で真紅に染まって、わあっという物凄《ものすご》いどよめき。——その有様を見たとき、わたしはその昔、不意に敵が侵入してきて、掠奪《りゃくだつ》や放火をほしいままにした時にも、どこかこれと似た光景がよく起ったものだなと、ふと考えました。……それはそうと、実際のところ、今あるものとかつてあったものの間には、どんな違いがありましょう！　もう少し時がたってみれば、かりに二、三百年もしてみれば、現在われわれの送っている生活も、やはり恐怖と憫笑《びんしょう》をもって眺められることでしょうし、現在の一切は、ごつごつした、重くるしい、すこぶる不便な、そして奇妙なものに、見えることでしょう。おお、たしかに、すばらしい生活になっているに違いない！　すばらしい生活にね！　（笑う）失礼、わたしはまた哲学をはじめました。まあ、も少し続けさせてください、皆さん。わたしは、おそろしく哲学をやりたい、今そんな気分なんです。（間）みんな寝ておいでのようだ。じゃ勝手にやりますが、まったく、どんなすばらしい生活になるでしょう！　まあ一つ考えてもごらんなさい。……今でこそ、あなたがたのような人は、この町に三人しかいないが、次の世代、また次の世代と、次第にだんだんふえて行って、とうとうしまいには、一切があなたがたの望みどおりに変わり、みんながあなたがたのように生活する時代が来る。それから次には、あなたがたのような人も古くなって、あなたがたよりも優秀な連中が、どしどし生れてくるでしょう。……（笑う）今日わたしは、なんだか格別の気分です。やたら無性に生活がしたい。……（歌う）恋に齢《よわい》のわかちなし、胸に立

つ征矢《そや》いつもめでたし……（笑う）
マーシャ　トラム・タム・タム……
ヴェルシーニン　タム・タム……
マーシャ　トラ・ラ・ラ……
ヴェルシーニン　トラ・タ・タ……（笑う）

フェドーチク登場。

フェドーチク（踊る）丸焼けだ、丸焼けだ！　きれいさっぱり！（笑う）
イリーナ　冗談じゃないわ。ほんとに丸焼け？
フェドーチク（笑う）きれいさっぱり。何ひとつ残らず。ギターも焼けた、カメラも焼けた、大事な手紙もみんな。……あなたに可愛《かわい》らしい手帳を上げようと思ったのに——それも焼けちゃった。

ソリョーヌイ登場。

イリーナ　いけません、ソリョーヌイさん、どうぞ向うへいらして。ここへ来ちゃ駄目《だめ》。

ソリョーヌイ　どうして男爵《だんしゃく》ならよくって、僕はいけないんです？

ヴェルシーニン　いや、ほんとに出て行かなくちゃね。火事はどうです？

ソリョーヌイ　下火になったそうです。いや、僕には断じて奇怪千万だ、どうして男爵ならよくって、僕はいけないのか？（香水の壜《びん》を出して振りかける）

ヴェルシーニン　トラム・タム・タム。

マーシャ　トラム・タム。

ヴェルシーニン（笑う。ソリョーヌイに）さ、広間へ行こうじゃないですか。

ソリョーヌイ　いや宜《よろ》しい、肝に銘じて忘れますまい。この考えは、もっとはっきりさせておいてもいいのだが、また鵞鳥《がちょう》どもがガアガア言いだしはせんかと思ってね。……（トゥーゼンバフを睨《にら》みながら）ちっ、ちっ、ちっ……（ヴェルシーニン、フェドーチクとともに退場）

イリーナ　まあ、あのソリョーヌイの煙草《たばこ》のけむり……（けげんそうに）男爵が寝てるわ！　男爵！　男爵！

トゥーゼンバフ（われに返って）疲れましたよ僕は、とにかく。……煉瓦《れんが》工場か。……これは寝言じゃなくて、実際ほんとに、僕は間もなく煉瓦工場へ行って、働きだすんです。……もう話があったんです。（イリーナに、やさしく）あなたは蒼《あお》ざめた、美しい、あでやかな顔をしてらっしゃる。……その顔の蒼白《そうはく》さが、この暗い空気を、まるで光のように照らしているような気がする。……あなたは悲しいのですね、生活に不満なんですね。……どうです。僕と一緒に行きましょう、一緒に行って働きましょう。

マーシャ　トゥーゼンバフさん、出てらしてちょうだい。

トゥーゼンバフ（笑いながら）あなたもおいででしたか？　気がつかなかった。（イリーナの片手にキスする）さよなら、僕は行きます。……こうしてあなたの顔を見ていると、いつぞやずっと以前、あなたの〝名の日〟に、あなたが元気一ぱいな快活な様子で、労働の悦《よろこ》びを語られた時のことを思いだします。……あのとき僕の眼《め》には、なんという幸福な生活が、ありありと見えたことでしょう！　それは今、どこへ行ったのだ？（片手にキスする）あなたは、涙をうかべていますね。横になっておやすみなさい、もう白んできました……そろそろ朝です。……もし許してもらえるなら、僕はあなたのために命を投げだしますよ！

マーシャ　トゥーゼンバフさん、出ていってちょうだい！　ほんとに、なんという……

トゥーゼンバフ　行きますよ。（退場）

マーシャ（横になりながら）寝てるの、フョードル《あんた》？

クルイギン　ああ？

マーシャ　お帰りになればいいのに。

クルイギン　わたしの可愛いマーシャ、大事なマーシャ……

イリーナ　姉さんはへとへとなのよ。少し休ませてあげたらいいわ、フェージャ《にぃさん》。

クルイギン　いま行くよ。わたしの大事な、すばらしい奥さん。……わたしは愛しているよ、かけがえのない、わたしの奥さん……

マーシャ（憤然と）Amo《アモ》, amas《アマス》, amat《アマト》, amamus《アマムス》, amatis《アマティス》, amant《アマント》.（訳注 ラテン語の動詞「愛す」の現在変化）

クルイギン（笑う）いや、ほんとうに、驚嘆すべき女性だよ。わたしはお前をめとって七年になるが、まるで、ついきのう結婚したような気がする。まったくの話さ。いや、お前は驚嘆すべき女性だよ。わたしは満足だ、満足だ、じつに満足だ！

マーシャ　沢山、沢山、もう沢山。（起きあがって、坐ったまま話す）ああ、まだ頭について離れない。……これが憤慨せずにいられるものか。頭のなかに釘《くぎ》がぶちこまれてるみたいで、とても黙っちゃいられない。わたし、アンドレイのことを言ってるのよ。……この屋敷を勝手に銀行へ抵当に入れたばかりか、そのお金は残らず、あの細君が、ふんだくってしまったじゃない。ところがこの屋敷は、なにもアンドレイだけのものじゃなくて、わたしたち四人きょうだいのものなのよ！　ちっとはマトモな人間なら、そんなこと、わかってるはずじゃありませんか。

クルイギン　お前も、とんだ閑人《ひまじん》だよ！　なんのお前に関係があるのさ？　アンドレイは借金で首がまわらないんだ。好きにやらせるがいい。

マーシャ　なんにしたって、憤慨に堪えないわ。（横になる）

クルイギン　わたしたち夫婦は、べつに困る身分じゃない。わたしは昼間は中学校で働いて、それから個人教授をやっている。……わたしは潔白な人間だ。さばさばした……。いわゆるOmnia《オムニア》 mea《メア》 mecum《メクム》 porto《ポルト》（訳注　ラテン語。「全財産を身につけている」）というやつさ。

マーシャ　わたし、なんにもほしくはないわ。ただ不正なことを見ると、黙ってられない性分なのよ。（間）もう行ってよ、フョードル。

クルイギン　（彼女にキスする）お前は疲れている、半時間ほど息をつくがいい。わたしは向うに坐って、待ってるからね。おやすみ……（行きながら）わたしは満足だ、満足だ、じつに満足だ。（退場）

イリーナ　じっさい、アンドレイ兄さんも堕落したものね。あんな女にかかずらわって、すっかり気が抜けて、老《ふ》けこんでしまったわ！　前には教授になるんだと意気ごんでいた人が、昨日は、やっと市会議員になれたって、大いばりなんですものねえ。兄さんが議員で、プロトポーポフが議長。……町じゅうの評判になって、笑われてるのに、聞えも見えもしないのは兄さん一人だけ。……今だって、みんな火事場へ駆けつけたのに、兄さんは自分の部屋に引っこみきりで、どこ吹く風だわ。バイオリンばかり弾いてるの。（いらだって）ああ、いやだ、いやだ、いやだこと！（泣く）あたしもう駄目、このうえ我慢できない！　もう駄目、もう駄目だわ！……

オーリガ登場。自分の小卓のあたりを片づける。

イリーナ　（声高くむせび泣く）あたしをほうり出して、ほうり出して、あたしもう駄目なの！……

オーリガ　（びっくりして）まあまあ、どうしたのよ？　ええ！

イリーナ　（むせび泣きながら）どこへ？　どこへみんな消えてしまったの？　あれはどこ？　たまらない、ああ、たまらない！　あたし、みんな忘れた、忘れちまった……頭のなかが、ごちゃごちゃになってしまった。……思い出せないわ。イタリア語で窓をなんと言うのか、あの天井はなんと言うのか。……何もかも忘れて行く、毎日忘れて行く。だのに生活は流れていって、二度ともう返らない。あたしたち、いつになったって決して、モスクワへ行けやしないわ。……あたし知ってる、行けるもんですか……

オーリガ　いい子だから、ね、いい子だから……

イリーナ（歯をくいしばりながら）ああ、不仕合せなあたし……。あたし働けないの、もう働くのは御免だわ。沢山だわ、もう沢山！　電信係もしたし、今は市役所に勤めてるけれど、回ってくる仕事が片っぱしから憎らしいの、ばかばかしいの。……あたしはもう二十四で、働きに出てからだいぶになるわ。おかげで、脳みそがカサカサになって、痩《や》せるし、器量は落ちるし、老けてしまうし、それでいてなんにも、何ひとつ、心の満足というものがないの。時はどんどんたってゆく、そしてますます、ほんとうの美しい生活から、離れて行くような気がする。だんだん離れて行って、何か深い淵《ふち》へでも沈んで行くような気がする。あたしはもう絶望だ。どうしてまだ生きてるのか、どうして自殺しなかったのか、われながらわからない……

オーリガ　泣かないで、いい子だから泣かないで。……わたし辛《つら》いから。

イリーナ　泣かないわ、あたし泣かないわ。……もう沢山。……ほらね、もう泣いてなんかいないでしょう。沢山だわ。……もう沢山！

オーリガ　ねえイリーナ、わたし姉妹《きょうだい》として、また親友として言わせてもらうけど、もしわたしの忠告がききたければ、男爵のところへお嫁《い》き！

イリーナ　（静かに泣く）

オーリガ　だってあんた、あの人を尊敬してるじゃないの、立派な人だと思ってるじゃないの。……そりゃ、あの人は醜男《ぶおとこ》じゃあるけど、折り目のただしい、純潔な人だわ。……いったい、お嫁にいくということは、なにも愛からじゃなくて、自分の義務を果すためなのよ。少なくもわたしはそう思うし、わたしなら愛にたよらずに、お嫁にいくと思うわ。誰《だれ》が求婚してこようと、ただ折り目の正しい人でありさえすりゃ、わたし黙って嫁《い》くでしょうよ。年寄りだって嫁くでしょうよ。……

イリーナ　あたし、ずっと待っていたの――モスクワへ移ったら、むこうであたしの本当の人に出会えるってね。あたしその人のことを空想して、恋していたの……。でも今になってみれば、ばかげたことだわ、ばかげたことだったわ。……

オーリガ　（妹を抱く）わたしの可愛い、大事なイリーナ、わたしよくわかるわ。トゥーゼンバフ男爵が軍人をやめて、背広をきて初めてうちへ来たときには、あんまり醜男に見えたのでわたし涙がこぼれたほどよ。……「何を泣いてらっしゃるんです？」って、あの人がきくの。何があの人に言えるでしょう！　でもね、もし神さまのみちびきで、あの人があんたと結婚するようになれば、わたし嬉《うれ》しいことよ。

だって、それとこれとは別だもの、ぜんぜん別だもの。

ナターシャが蠟燭《ろうそく》をもって、右手のドアから左手のドアへ、黙って舞台を横ぎる。

マーシャ　(起きて坐る) あの人のあの歩きよう、まるで付け火でもしたみたい。

オーリガ　あんた、ばかねえ、マーシャ。うちの家族で、一ばんばかなのはあんたよ。そう言っちゃ悪いけど。(間)

マーシャ　わたしあんたがた姉妹《きょうだい》の前で、ざんげがしたい。苦しいのよ、この胸が。あんたがたに聞いてもらったら、もうそれっきり誰にも言わない。……待って、今すぐ言うから。(声を落して) これはわたしの秘密だけど、ぜひあんたがたには知ってもらいたいの。……わたし、黙っちゃいられないの。……(間) わたし、愛している、愛してるの……。あの人を、愛してるの。……つい今しがたまで、ここにいた人……。ええ、かまうものか。つまりね、ヴェルシーニンを愛してるのよ……

オーリガ　(自分のベッドの衝立《ついたて》のほうへ行く) やめといて。わたしどうせ聞きやしないから。

マーシャ　だって仕方がないもの！　(あたまを抱える) はじめは変な人だと思っていたの、そのうちに可哀《かわい》そうになって……それから恋してしまったの。あの人の声も、あの人の言うことも、あの不仕合せな暮しも、ふたりの女の児《こ》も、何もかも引っくるめて、好きになったの……

オーリガ　（衝立のかげで）わたし、どうせ聞いちゃいないから。どんなばかなことを、あんたが言ったって、どうせわたしは聞いちゃいない。

マーシャ　ええ、あんた馬鹿《ばか》ねえ、オーリャ。愛している——それがつまり、わたしの運命なのよ。つまり、それがわたしの約束ごとなのよ。……あの人もわたしを愛している。……これ、怖《おそ》ろしいことだわ。そうなの？　いけないことなの？　（イリーナの片手をとって引寄せる）ねえ、可愛いイリーナ。……一体わたしたち、どんな生涯《しょうがい》を送るのかしら、——わたしたち、どうなるのかしら？　……何か小説を読むと、古くさいことばかり書いてあって、みんなわかりきったことのように思えるけれど、いざ自分で恋をしてごらん、はっきりしてくるから——誰も何ひとつわかっちゃいないのだ、人はめいめい自分のことは自分で解決しなければならないのだ、ということがね。……わかってくれた？　ねえイリーナ。ねえオーリャ、……これで告白は済んだから、もう黙るわ。……じゃこれで、ゴーゴリの（訳注『狂人日記』の）気ちがいみたいに……黙って……黙って……

アンドレイ登場。つづいてフェラポント。

アンドレイ （腹だたしげに） なんの用があるんだ？ わからんじゃないか？

フェラポント （ドアのところで、じれったそうに） わしゃ、プローゾロフさん、もう十ぺんも言いましたがね。

アンドレイ 第一おれはお前に、プローゾロフさんなどと呼ばれる覚えはない。議員どのと言うんだ、議員どのと！

フェラポント 議員どの、消防の人たちが、川へ出るのに、お庭を抜けさせてお貰《もら》い申したいそうで。ぐるりと回った日にゃ、えらい遠回りで、目も当てられませんわ。

アンドレイ よろしい。よろしいと言え。（フェラポント退場） うるさい奴《やつ》らだ。どこだろう、オーリガは？ （オーリガ、衝立のかげから出る） きみに用があって来たんだよ、戸棚《とだな》の鍵《かぎ》をくれないか。なくしてしまったものでね。きみのところに、こんな小っちゃな鍵があったはずだが。

オーリガ無言のまま彼に鍵をわたす。イリーナは、自分のベッドの衝立のかげへ引っこむ。間。

アンドレイ　なんという大火事だろう。やっと下火になった。畜生、あのフェラポントのおかげで癇癪玉《かんしゃくだま》を破裂させて、つい馬鹿なことを言ってしまった。……議員どの、だなんて……（間）なぜ黙ってるのさ、オーリャ？　（間）いい加減でもう馬鹿なまねはやめて、そんなふくれっ面《つら》は引っこめようじゃないか、わけもいわれもないのにさ。……マーシャもいるんだね、イリーナもいる、こりゃちょうどいい――ひとつ腹蔵のないところを話し合って、きっぱり片をつけようじゃないか。きみたち、僕《ぼく》になんの不服があるんだ？　なんの？

オーリガ　よしてよ、アンドレイ。話はあしたにしましょう。（興奮して）なんて厭《いや》なことばかりある夜だろう！

アンドレイ　（ひどくうろたえている）まあ興奮しないでくれ。僕は、しごく冷静に聞いているんだ――きみたち何の不服が僕にあるのか、とね？　はっきり言ってくれないか。

ヴェルシーニンの声　トラム・タム・タム！

マーシャ　（起きあがって、声高に）トラ・タ・タ！　（オーリガに）さよなら、オーリャ、大事にね。（衝立のかげへ行って、イリーナにキスする）よくおやすみ。……さよなら、アンドレイ。あっちへいらっしゃいね、この二人、へとへとなんだから……話はあ

したってできるわ……（退場）

オーリガ　ほんとよ、アンドレイ、あしたのことにしましょう……（自分の衝立のかげへ行く）もう寝る時刻よ。

アンドレイ　ちょっと言うだけで、出て行くよ。すぐだ。……第一に、きみたちは僕の妻のナターシャに、何か反感をもっている。僕はそれに、そもそもの結婚の当日から気がついている。ナターシャは立派な潔白な人間だ、まっすぐな品性の高い人間だ——これが僕の意見だよ。僕は妻を愛し、かつ尊敬している。いいかい、尊敬しているから、したがってほかの人たちもやはり、あれを尊敬するように要求する。も一度言うが、あれは潔白な、品性の高い人間で、きみたちの不満は、失礼ながら、ほんの気まぐれにすぎないんだ。（間）第二に、きみたちはどうやら、僕が大学の先生にならず、学者にならないので、おこっているらしい。だが僕は市会に出ている、僕は市会議員だ。そしてこの奉仕を、学問への奉仕におとらず、神聖で高尚《こうしょう》なものだと思っている。僕は市会議員だ。そして、もしお望みなら教えてあげるが、僕はそれを誇りとしているんだ。……（間）第三に……。僕はまだ言うことがある。……僕はきみたちに無断で、この屋敷を抵当に入れた。これは僕が悪い、そう、重々おわびを言いたい。借金のさせたわざだ……三万五千というね……。僕はもうカードはしない。とうにやめているが、そんなことより僕が弁解として特に言いたいことは、きみたちは未婚の娘で、恩給をもらっているが、僕にはその、なかったのさ……稼《かせ》ぎとでもいったものがね。……(間)

クルイギン　(ドアからのぞいて)マーシャはここにいないかね？　(心配そうに)一体どこへ行ったんだろう？　こりゃおかしい……(退場)

アンドレイ　誰も聞いてくれないんだね。ナターシャはすこぶる立派な潔白な人間なんだ。(黙って舞台を歩きまわる。やがて立ちどまって)僕は結婚するとき、こう思っていた――僕たちは幸福になれる……みんなも幸福になれる、とね。……ところが、ああ情けない……(泣く)僕の大事な可愛《かわい》い姉さんや妹、僕のいうことを信じないでくれ、信じないで……(退場)

クルイギン　(ドアからのぞいて、心配そうに)マーシャはどこだ？　ここにマーシャはいないかい？　驚いたな、どうも。(退場)

半鐘の音、舞台空虚。

イリーナ　(衝立のかげで)オーリャ！　だあれ、床をコツコツいわせてるのは？

オーリガ　ドクトルよ、チェブトイキンさんよ。まだ酔ってるんだわ。

イリーナ　なんて騒々しい夜なの！（間）オーリャ！（衝立のかげからのぞく）あんた聞いて？　旅団をこの町から抜いて、どこか遠いところへ移すんだって。

オーリガ　それは噂《うわさ》だけよ。

イリーナ　そうしたら、あたしたちだけになるわねえ……オーリャ！

オーリガ　ふうん？

イリーナ　ねえ、オーリャ姉さん、あたし男爵《だんしゃく》を尊敬してるわ、感心しているわ。あれは立派な人だわ。あたし、あの人のところへ嫁《い》きます、承知するわ。ただね、モスクワへ行きましょうよ！　お願いだから、行きましょうよ！　モスクワよりいいところ、この世のどこにもないわ！　行きましょうよ、オーリャ！　行きましょうよ！

――幕――

第四幕

プローゾロフ家の古い庭。樅《もみ》の並木が長く続いて、そのはずれに河が見える。河の対岸は森。舞台右手に、家のテラス。そこのテーブルの上に酒瓶《さかびん》やグラス。今しがたシャンパンの杯をあげた様子が見てとられる。昼の十二時。往来から河へ出る通行人が、時どき庭を抜けて行く。足早に五人の兵士が通りすぎる。

チェブトイキンが、おだやかな上機嫌《じょうきげん》で（これはこの幕を通じて変らない）、庭の肘《ひじ》かけ椅子《いす》にかけて、呼ばれるのを待っている。軍帽をかぶり、ステッキをもっている。イリーナ、首に勲章をかけたクルイギン（彼は口髭《くちひげ》をそり落している）、それにトゥーゼンバフが、テラスに立って、段を降りてゆくフェドーチクとローデを見送っている。ふたりの士官は、行軍の服装。

トゥーゼンバフ　（フェドーチクとキスをかわす）君はいい人だ。われわれはじつに仲よく暮したねえ。（ローデとキスをかわす）もう一ぺん……。さようなら、大事にしたまえよ！

イリーナ　そのうちまたね！
フェドーチク　そのうちどころじゃない。さよならですよ。もう二度と会う時はないでしょう！
クルイギン　わかるものですか！（両眼《りょうめ》をふき、ほほえむ）わたしまで、つい泣いてしまった。
イリーナ　いつか会えるでしょうよ。
フェドーチク　十年か——十五年もしてからね？　だがその時は、おたがい思い出すのもやっとで、冷たい挨拶《あいさつ》を交すぐらいのところでしょう。……（写真をとる）そのまま……。もう一枚、お名残りに。
ローデ　（トゥーゼンバフを抱く）もう会う時はありますまい。……（イリーナの片手にキスする）いろいろありがとう、ほんとにいろいろ！
フェドーチク　（いまいましげに）おい、じっとしてろったら！
トゥーゼンバフ　たぶんまた会えるだろうよ。手紙をくれたまえ。かならずだよ。
ローデ　（庭に視線を投げて）さようなら、木立よ！（叫ぶ）ホ、ホオー！（間）さようなら、こだまよ！
クルイギン　ひょっとして、向うで結婚ということになるかも知れん、ポーランドで

ますよ。（笑う）

ね。……ポーランドの細君は、抱きついて、「コハーネ！」（訳注　ポーランド語。「愛する人よ！」）と言い

フェドーチク（時計を見て）もう一時間と残っていない。われわれの砲兵中隊では、ソリョーヌイだけ荷舟で行って、われわれは部隊について行きます。今日は三個中隊が、それぞれ別個に出発し、あすまた三個中隊が出て行きます——それで町は、急にひっそりと、静かになりますよ。

トゥーゼンバフ　それに、怖《おそ》ろしい倦怠《けんたい》がくるな。

ローデ　マーシャさんはどこです。

クルイギン　マーシャは庭にいます。

フェドーチク　あの人にお別れを言わなくちゃ。

ローデ　さようなら、もう行こう、さもないと僕《ぼく》は泣きだしちまう。……（すばやくトゥーゼンバフおよびクルイギンを抱きしめ、イリーナの片手にキスする）僕たち、じつに楽しい日をここで送りましたよ。……

フェドーチク（クルイギンに）これを記念に呈上します……鉛筆つきの手帳です。……僕たちここから、河のほうへ出ます……（ふたり振返りながら歩み去る）

ローデ（叫ぶ）ホ、ホオー！

クルイギン　（叫ぶ）さよならァ！

舞台の奥で、フェドーチクとローデはマーシャに出あい、別れをかわす。彼女も一緒に退場。

イリーナ　行ってしまった……（テラスの下の段に腰かける）

チェブトイキン　わたしに別れを言うのを忘れていったよ。

イリーナ　あなたこそ、どうしたのよ？

チェブトイキン　わたしも、なんとなく忘れてしまった。もっとも、あの連中とはじきに会える、あすわたしも発《た》ちますからね。そう。……まだ小一日あるわけだ。一年したら、退職させてもらえるだろうから、またここへ来て、余生をあなたがたのそばで送りますよ。……恩給がつくまで、あとほんの一年の辛抱ですからね。（ポケットへ新聞を入れ、ほかのを取りだす）あなたがたのところへ戻《もど》って来たら、根本的に生活を変えますよ。……びっくりするくらい穏やかな、ひと……ひと好きのする、行儀のいい人間になりますよ。……

イリーナ　ほんとにあなたは、生活を変えなくてはねえ。どうにかして。

チェブトイキン　そう。自分でも感じています。（小声で口ずさむ）タララ……ブンビ

ヤー……道の置石に腰かけて……《シジュー・ナ・トゥンベ・ヤー》
クルイギン　直りゃしないよ、チェブトイキンさんは！　直るもんかね。
チェブトイキン　そうだ、ひとつあんたに仕込んでもらおう。そしたら直るだろうな。
イリーナ　兄さんは口髭《ひげ》を剃《そ》ってしまったのね。見られないわ、まるで！
クルイギン　どうしてさ？
チェブトイキン　わたしはね、今あんたの人相が、なんに似てきたか言いたいのだが、ま遠慮しとこう。
クルイギン　なあに！　これが仕来《しきた》りさ、modus《モドゥス》 vivendi《ヴィヴェンディ》（訳注　ラテン語。「生きる方便」）さ。うちの校長も、口髭は落している。でわたしもやはり、生徒監になると同時に、剃ってしまった。誰《だれ》の気に入らないだって、わたしはかまやしない。わたしは満足だ。口髭があろうが、なかろうが。わたしは同じく満足だ。……（腰をおろす）
　舞台の奥をアンドレイが、眠っている赤んぼを乗せた乳母車を押して通る。
イリーナ　ねえチェブトイキンさん、あたしの大好きな軍医《ドクトル》さん、あたし、おそろしく胸騒ぎがするの。あなたはきのう、広小路《ブールヴァール》へいらしたわね。話してちょうだい、何があったの、あそこで？

チェブトイキン　何があった? なんでもないです。つまらんことですよ。(新聞を読む)同じことさ!
クルイギン　人のうわさじゃ、なんでもソリョーヌイと男爵《だんしゃく》が、きのう広小路《ブールヴァール》の劇場のへんで出あって……
トゥーゼンバフ　やめて下さい! まったく、なんてことを……(片手を振って、家のなかへ退場)
クルイギン　劇場のへんで……ソリョーヌイが男爵にからみだした。こっちはついカッとなって、何かひどいことを言ったとか……
チェブトイキン　知りませんね。つまらんこった、チェプハー(訳注　ロシア語。「くだらんこと」)さ、みんな。
クルイギン　どこかの神学校で、作文の時間に教師が、「チェプハー」と書いたら、ある生徒がそれを「レニークサ」と読んだとさ(訳注　チェプハーを筆記体で書くと、ローマ字の renyxa と同じになる)――ラテン語だと思ったんだね。……(笑う)いや、ひどく滑稽だよ。人のうわさだと、ソリョーヌイはイリーナに恋して、それで男爵に怨《うら》みをいだいた、というのだがね。……筋は通っている。イリーナは、とてもいい娘だからな。マーシャに似たところまであって、やはりこう、物思いにふけるたちだ。ただね、イリーナ、あんたの性格はもっと柔らかだよ。もっともマーシャだって、とてもいい性格の持主だけれどね。わたしはあれを愛しているよ、あのマーシャをね。

舞台の裏、庭の奥のほうで、「おーい！ ホ、ホオー！」の声。

イリーナ （身ぶるいする）なんだかあたし、今日はやたらにどきりとするの。（間）支度はもう、すっかりできたわ。食事が済んだら、あたしの荷物を送り出してしまうの。男爵とあした結婚式《しき》をあげて、あしたのうちにふたりで煉瓦《れんが》工場へ向けて発つんだわ。あさっては、あたしもう小学校《がっこう》に着任して、新しい生活が始まるんだわ。なんとか神様が力を貸してくださるでしょうよ！ あたし女教員の試験が通ったとき、嬉《うれ》しさとありがたさとで泣いたほどよ。……（間）もうじき、馬車が荷物をとりにくるわ。……

クルイギン そりゃまあそんなものだが、ただどうも真剣でないようだな。理想ばかり先走りして、どうも真剣味が足りない。だがまあとにかく、心からあんたの成功を祈るよ。

チェブトイキン （感動して）わたしの大事なイリーナさん、あんたは立派なひとだ……金むくのような心のひとだ。……あんたがずんずん先へ行ってしまったので、とてももう追っつけやしない。わたしは置いてきぼりを喰《く》って、まるで老いぼれで飛べなくなった渡り鳥のようなざまですよ。さあ元気よく飛んでいきなさい、気をつけてな！（間）いやクルイギンさん、あんたは口髭をおとして、つまらんことをしたものだ。

クルイギン　もういいですよ！（ため息をつく）いよいよ今日、軍人たちが行ってしまう。あとはまた元通りになるだろう。まあなんといっても、マーシャは立派な、潔白な女性です。わたしはあれを大そう愛している。自分の運命に感謝している。……人の運命はさまざまだな。……ここの税務署に、コズイリョーフという男が勤めている。わたしと同級だったが、五年のとき中学を追い出された。というのが、ラテン語の〝結果をあらわす ut《ウト》〟（訳注　ウトは大体英語の so に当る語であるが、その用法はすこぶる多岐にわたっている）の使い方が、どうしても呑《の》みこめないんでね。その男は今ひどく貧乏して、おまけに病気だが、わたしは出あうたんびに、こう言ってやる——「やあ、こんにちは、結果《ウト・コンセクティヴム》はどうだい！」とね。すると向うは、「そう、まさにその結果《コンセクティヴム》でね」と言って、咳《せ》きこんでしまうのさ。……だがわたしは、この通り一生運がよくて、家庭にも恵まれているし、おまけにそらこの通り、スタニスラーフ二等勲章まで持っていて、今や自分がその〝ウト・コンセクティヴム〟を、人に教えてやる身分だ。もちろんわたしは知恵者だ。すこぶる多数の連中よりも知恵があるが、幸福は何もそこにあるのじゃなくて……

家のなかで、『乙女の祈り』をピアノで弾く。

イリーナ　あしたの晩はもう、あの『乙女の祈り』を聞かないでも済むし、プロトポーポフに出くわす心配もなくなるわ。……（間）ね、プロトポーポフが、あすこの客間に坐《すわ》りこんでるの。今日もやって来たのよ。……

クルイギン　校長先生はまだかね？

イリーナ　まだなの。迎えにやったけれど。あのオーリャのいないこの家に、あたしが一人で暮すのがどんなに辛《つら》いことだか、せめてそれがわかって下さればねえ。……オーリャは学校で寝起きしているの。校長さんだから、一日じゅう忙しいのよ。ところがあたしは一人ぼっちで、退屈で、なんにもすることがないし、自分のいる部屋まで厭《いや》でたまらないの。……そこであたし、急に決心したの、――どうしてもモスクワへ行けないものなら、それでも仕方がない。それが運命なんだから、なんともなるものじゃない。……一切は神のみ心にある、ほんとにそうだわ。そこへトゥーゼンバフさんが、あたしに結婚を申込んだの。……いいじゃない？　ちょっと考えて、決めたの。あのひと、いい人だわ。驚くほど、じつにいい人だわ。……するとあたし、いきなり魂に翼《はね》がはえたように、浮き浮きと心がはずんで、さあ働こう、一生けんめい働こうと、また元気が出たの。……ただね、きのう何か変なことがもちあがって、なんだかもやもやしたものが、頭の上にかぶさってきたけれど……

チェブトイキン　レニークサさ。つまらんことですよ。

ナターシャ　（窓から）校長さんですよ！

クルイギン　校長さんが見えた。さ、行こうじゃないか。

　イリーナと一緒に家へはいる。

チェブトイキン　（新聞を読みながら、そっと口ずさむ）タララ……ブンビヤー……道の《シジュ》置石に腰かけて《ー・ナ・トゥンベ・ヤー》……

　マーシャが歩み寄ってくる。舞台の奥をアンドレイが、乳母車を押して通る。

マーシャ　ここに坐りこんでるわ、いい気になって、あの坐りよう……

チェブトイキン　どうしたんです？

マーシャ　（腰かける）いいえ、なんでも……（間）あなた、うちのママが好きだったの？

チェブトイキン　ええ、大変に。

マーシャ　で、ママのほうでは？

チェブトイキン　（間をおいて）それはもう覚えがないな。

マーシャ　うちの人は来てまして？　いつぞや、うちの料理女《おさんどん》のマルファが、つれあいの巡査のことを、そう言っていたの――うちの人が、って。うちの人は来てまして？

チェブトイキン　まだです。

マーシャ　幸福というものを、合間合間に、ちょっぴりずつ手に入れては、それをわたしみたいに、そのつど失《な》くしてごらんなさい。だんだん気持がすさんできて。ねじけた女になるのは当り前だわ。……（自分の胸を指して）わたし、ここが煮えくり返ってるの。……（兄アンドレイが乳母車を押して行くのを見て）そうら、アンドレイが――あれでもうちの兄さんよ。……希望が端からみんなだめになってねえ。何千人の人が総がかりで鐘を吊《つ》りあげようとして、労力と金銭をどっさり使ったあげく、不意にその鐘が落っこちて、われてしまった。あっという間に、これという理由もなくね。それと同じだわ、アンドレイも……

アンドレイ　一体いつになったら、家のなかが静かになるのかなあ。ひどい騒ぎだ。

チェブトイキン　もうじきさ。（時計を出して見る）わたしの時計は時代ものでね、時を打つんだよ……（時計を巻く、時を打つ）第一、第二、第五の三個中隊が、きっかり一時に出発する。（間）わたしは、あしたさ。

アンドレイ　行ったきりですか？

チェブトイキン　わかりませんなあ。ひょっとすると、一年したら帰ってくるかも知れない。なに、わかったもんじゃない……おんなじことさ。

どこか遠方で、ハープとバイオリンの合奏をしている。

アンドレイ　町はがらんとしてしまうな。まるで蓋《ふた》でもかぶせたみたいになあ。（間）何かきのう劇場のへんであったんだって。みんなが言ってるが、僕はさっぱり知らない。

チェブトイキン　なんでもない。ばかげたことさ。ソリョーヌイが男爵にからみだしたので、こっちはカッとなって、ひどい言葉を叩《たた》きつけた。そこでとどのつまりは、ソリョーヌイが相手に決闘を申込まにゃならん羽目になったのさ。（時計を見る）

そろそろ、その時刻らしいがな。……十二時半に、ほらここから河向うに見える、あの官有林で……ポンポンとな。（笑う）ソリョーヌイは、あれでもレールモントフ気どりで、詩まで書いている。冗談から駒《こま》が出て、もうこれで三度目の決闘だとさ。

マーシャ　誰が？

チェブトイキン　ソリョーヌイですよ。

マーシャ　で、男爵のほうは？

チェブトイキン　男爵に何があるもんですか？

マーシャ　わたし、あたまがこんがらかってしまった。……とにかく、絶対に、あのふたりにそんなことをさせてはならないわ。あの人は男爵を負傷させるか、悪くすると殺してしまうかも〔知れない〕。

チェブトイキン　男爵は、いい人だが、しかし男爵が一人多かろうと、一人少なかろうと——おんなじことじゃないかな？　好きにさせときなさい！　おんなじこってすよ！（庭の彼方《かなた》で、「おーい、ホ、ホオー！」という叫び声）待てよ。あれはスクヴォルツォーフがどなっているのだ、介添人のね。ボートに乗ってますよ。（間）

アンドレイ　僕の考えでは、決闘の当事者になるのも、その場に、たとえ医者としてにしろ立ち会うのも、ぜんぜん不道徳だと思いますね。

チェブトイキン　そんな気がするだけさ。……われわれという者もない、この世になんにもありはしない。われわれは存在しない、ただ存在してるような気がするだけでね。……まあどっちだって、同じことじゃないかな！

マーシャ　あんなことを一んちじゅう、くどくど言ってるのよ、この連中は……（歩きだす）こんな時候になって（訳注　ロシアの秋は曇天または雨が多い）、今にも雪が降りそうだというのに、その上まだ、こんな話をきいてなきゃならない。……（時どき立ちどまって）わたし、家《うち》へはいらないでおこう、とてもはいる気がしないもの。……ヴェルシーニンが来たら、知らせてちょうだいね。……（並木道を行く）もう渡り鳥が飛んで行く……（空を見あげる）。白鳥かしら、それとも雁《がん》か。……可愛《かわい》い鳥たち。いいわねえ、お前たちは……（退場）

アンドレイ　うちも淋《さび》しくなるなあ。軍人たちは行ってしまうし、あなたも発って行くし、妹は嫁にいく。家にのこるのは僕《ぼく》ひとりだ。

チェブトイキン　だが、奥さんは？

フェラポント、書類をもって登場。

アンドレイ　家内は家内です。あれは潔白な、しっかりした、それにまあ善良な女ですが、折角のそうした美点はありながら、あの女には妙なところがあって、それが結局あの女を、みじめな、目の見えない、何かこう毛のもじゃもじゃした動物に、下落させてしまうのです。いずれにしても、あれは人間じゃない。こんなことを言うのは、あなたという人を親友と――心の底を打ちあけられる唯一《ゆいいつ》の人と、思えばこそですよ。僕はナターシャを愛しています。それはそうだけれど、時どきあれが、ひどく俗悪な女に見えることがあって、僕は途方に暮れてしまう。一体なんだって、あの女をこうまで愛しているのか――少なくも今まで愛していたのか、それがわからなくなってしまう。……

チェブトイキン　（立ちあがる）ねえ君、わたしは明日たつ。もう二度と会えないかも知れない。そこで君にひとつ忠告があるんだが――いいかね、君は帽子をかぶって、手に杖《つえ》を持って、出て行くんですね……どんどん歩いて行くのさ、あとも振返らずに歩いて行くのさ。遠のけば遠のくほど、ますますいいのさ。

ソリョーヌイが、ふたりの将校とともに、舞台おくを通りかかる。彼はチェブトイキンの姿を見て、こちらへ曲ってくる。ふたりの将校は、そのまま行ってしまう。

ソリョーヌイ　ドクトル、時間ですよ！　もう十二時半だ。（アンドレイと挨拶《あいさつ》をかわす）

チェブトイキン　今すぐ。君たちには、つくづく閉口だよ。（アンドレイに）アンドレイ君、誰かわたしのことを尋ねたら、すぐ戻《もど》ってくると言ってください。……（ため息をつく）おお、お、お！

ソリョーヌイ　あなやと言うまもなく、熊《くま》は襲いかかりたり、さ。（彼とつれだって行く）何をウンウン言ってるんです、ご老体？

チェブトイキン　ふん！

ソリョーヌイ　機嫌《きげん》はどうです？

チェブトイキン　（腹だたしく）無限にわるいよ。

ソリョーヌイ　そう興奮すると、御老体にさわりますよ。なあに僕は、ちょいとやるだけです。あいつをシギみたいに、射落してやるだけさ。（香水を出して、手に振りかける）今日は一壜《ひとびん》すっかり使ってしまったが、それでも僕の手は厭なにおいがする。まるで死骸《しがい》みたいなにおいだ。（間）さてと……。あの詩を覚えてますか？

〝さあれ叛乱《はんらん》の子は嵐《あらし》を求む、嵐のなかに安らぎありと〟……（訳注　レールモントフの詩『帆』の終り二行）

チェブトイキン　そう。あなやと言うまもなく、熊は襲いかかりたり、か。（ソリョー

ヌイと連れだって退場）

「ホ、ホオー！　おーい！」という叫び声がきこえる。アンドレイとフェラポント登場。

フェラポント　書類に署名を……

アンドレイ（いらだたしく）そこをどいてくれ！　どけったら！　後生だ！（乳母車を押して退場）

フェラポント　だって、署名するがための書類じゃねえか。（舞台おくへ退場）

イリーナと、麦わら帽子をかぶったトゥーゼンバフ登場。クルイギン、「おーい、マーシャ、おーい！」と呼びながら、舞台を通って行く。

トゥーゼンバフ　この町で、あの人ひとりぐらいなものでしょうね——軍人の発《た》って行くのを喜んでるのは。

イリーナ　無理もないわ。（間）この町は、がらんとしてしまうのねえ。

トゥーゼンバフ　イリーナ、僕すぐ帰ってくるから。

イリーナ　どこへ行くの？

トゥーゼンバフ　町へ行く用がある、それから……仲間の見送りもしなくちゃね。

イリーナ　うそ。……ニコライ、どうして今日は、そんなにうわの空なの？（間）きのう何があったの、劇場のそばで？

トゥーゼンバフ　（いたたまれない身ぶり）一時間で僕は帰ってくる、そしてまた一緒にいますよ。（彼女の両手にキスする）こうして、いつまで見ても見あきない……（彼女の顔を見つめる）僕があなたに恋してから、もう五年になるけれど、まだこの幸福になじめない。それどころか、あなたがますます、美しい人になって行くような気がする。なんという匂《にお》やかな、うっとりとするような髪の毛だろう！　なんという眼《め》だろう！　僕は明日、あなたを連れて発つ。ふたりで働いて、金持になって、僕の夢が生き生きとよみがえるのだ。あなたに喜んでもらえるだろう。ただ一つ、たった一つだけ——あなたは僕を、愛していない！

イリーナ　それ、あたしの力じゃ、どうにもならないの！　あたしはあなたの妻になります。忠実な従順な妻になるわ。けれど愛は別よ、仕方がないわ！　（泣く）あたし生れてから、一度も愛を味わったことがないの。ああ、あたしどんなに愛にあこがれたことか！　ずっと前から、夜も昼もあこがれつづけているのに、あたしの心はまるで、大事なピアノの蓋をしめて、その鍵《かぎ》をなくしてしまったみたいなの。（間）あなた、なんだかそわそわした眼つきね。

トゥーゼンバフ　ゆうべ一睡もしなかったんです。どきりとさせられるような怖《おそ》ろしい事は、僕の生活に何ひとつありはしない。ただ、その失われた鍵が、僕の心の重荷になって、まんじりともさせてくれない。……さ、何か言ってみて。（間）なんでもいいから言ってみて……

イリーナ　何を？　何を言えばいいの？　何を？

トゥーゼンバフ　さ、なにか。

イリーナ　もういいわ！　もういいわ！（間）

トゥーゼンバフ　じつにくだらない、じつに馬鹿《ばか》げた些事《こと》が、ふとしたはずみで、われわれの生活に重大な意義を帯びてくるようなことが、時にはありますね。相変らずくだらん事だと高をくくって、笑いとばしているうちに、ずるずる引きずられて、もう踏みとどまる力が自分にはない、と思った時はすでにおそい。いや、そんな話はよしましょう！　僕は晴ればれとした気分だ。まるで生れて初めて、あの樅《もみ》や楓《かえで》や白樺《しらかば》を見るような気がするし、むこうでも僕を、じろじろと物珍しげに見て、固唾《かたず》をのんでいるみたいだ。なんという美しい樹々《きぎ》だろう！　そして本来なら、こうした樹々にかこまれた生活は、すばらしく美しいものであるべきなんだ！（「おーい！　ホ、ホオー！」という叫び声）行かなければならない、もう時間だ。……おや、あの木は枯れている。けれどやっぱり、ほかの樹と一緒に風に揺られている。あれと同じように、もし僕が死んでも、やはりなんらかの形で、人生の仲間いりをして行くような気がする。さよなら、僕のイリーナ……（彼女の両手にキスする）きみが書いて僕にくれたものは、僕のデスクのカレンダーの下にありますよ。

イリーナ　あたしも一緒に行くわ。

トゥーゼンバフ　（あわてて）いけない、いけない！（足早に遠ざかって、並木道で立ちどまる）イリーナ！

イリーナ　なあに？

トゥーゼンバフ　（言葉に窮して）僕は今日、コーヒーを飲まなかった。……淹《い》れておくように、そう言って……（足早に退場）

イリーナ考えこんで立っている。それから舞台奥へ歩を移して、ブランコに腰かける。アンドレイ乳母車を押して登場。フェラポント姿をあらわす。

フェラポント　プローゾロフさん、書類はわしのもんじゃねえ、お上《かみ》のもんですよ。わしが考えだしたもんじゃねえ。

アンドレイ　ああ、一体どこなんだ、どこへ行ってしまったんだ、おれの過去は？

おれが若くて、快活で、頭がよかったあの頃《ころ》は？　おれが美しい空想や思索にふけったあの頃、おれの現在と未来が希望にかがやいていたあの時代は、どこへ行ったのだ？　なぜわれわれは、生活を始めるか始めないうちに、もう退屈で灰色な、つまらない、不精《ぶしょう》で無関心な、無益で不仕合せな人間に、なってしまうのだろう。……この町ができてからもう二百年になる。現在十万からの人口があるが、そのうち一人として、ほかの連中とちがった奴《やつ》はいない。昔も今も、一人の功労者もいなければ、一人の学者も一人の芸術家も、いやそれどころか、人に羨望《せんぼう》の念や、なんとかして見習いたいという熱烈な望みを起させるような、ちょっとでも目だった奴さえいないのだ。……ただ食って飲んで眠って、そして死んで行くのだ……またほかの連中が生れて、やはり食って飲んで眠って、退屈ぼけがしないように、卑劣な陰ぐちや、ウオッカや、カードや、訴訟道楽で、生活をまぎらす。細君が亭《てい》主《しゅ》の目をぬすむと、亭主は見ざる聞かざるの頬《ほお》かぶりで、なんとか胡麻《ごま》かそうとする。そうした俗悪きわまる親たちの影響は、否応《いやおう》なしに子供を毒して、神々《こうごう》しいひらめきはだんだん消えて、やがて父親や母親と同じような、おたがい似たり寄ったりな、哀れむべき亡者《もうじゃ》になって行くのだ。……（フェラポントに）なんの用か？

フェラポント　なんの用かって？　書類に署名ですよ。

アンドレイ　お前にはあきあきしたよ。

フェラポント　（書類を差出しながら）今しがた、税務監督局の門番が言っとりましたっけが……なんでもペテルブルグの冬は、寒さが二百度からになるってね。

アンドレイ　現在はじつに厭《いや》だ。その代り未来のことを思うと、なんとも言えないなあ！　胸がすうっと軽く、ひろびろしてくるし、遠くのほうに光明がさしはじめて、自由の姿《かげ》がありありと見えるのだ。おれや子供たちが、ぐうたらな暮しから、クワスから、キャベツつきの鵞鳥《がちょう》から、食後の昼寝から、下劣な宿り木ぐらしから、解放される日がありありと見えるのだ。……

フェラポント　二千人も凍え死んだとかですよ。みんな生きた心地もなかったそうで。ペテルブルグだったか、モスクワだったか——はっきりしませんがね。

アンドレイ　（甘い感慨にひたって）可愛い姉さんや妹たち、おれの大事な姉妹《きょうだい》たち！（涙ごえで）マーシャ、おれの妹……

ナターシャ　（窓から）だれ、そこで大きな声でしゃべってるのは？　まあ、あんたなの、アンドリューシャ？　ソーフォチカを起しちまうじゃないの。Il《イル》 ne《ヌ》 faut《フォ》 pas《パ》 faire《フェール》 du《デュ》 bruit《ブリュイ》, la《ラ》 Sophie《ソフィ》 est《エ》 dormée《ドルメ》 déjà《デジャ》. Vous《ヴ》 êtes《ゼート》 un《アン》 ours《ヌールス》.（訳注　フランス語。「さわがしくしては駄目、ソフィがもう

れ！

誰かほかの人に渡したらどう。フェラポント、旦那様《だんなさま》から乳母車を取りあげておく

眠ってるじゃないの。あんたは熊男よ」）（ぷりぷりして）おしゃべりがしたいんなら、赤ちゃんの乳母車を、

フェラポント　かしこまりました。（乳母車をあずかる）

アンドレイ　（鼻白んで）ぼくは、そっと話してるんだよ。

ナターシャ　（窓の中で、子供をあやしながら）ボービク！　お茶目のボービク！　いたずらなボービク！

アンドレイ　（書類に目をとおしながら）よろしい、一渡り調べて、必要の分に署名するからな。お前はまた、役所へ持って帰ってくれ。……（書類を読みながら、家の中へ退場）

フェラポントは、乳母車を庭の奥へ押して行く。

ナターシャ　（窓の中で）ボービク、ママの名はなんていうの？　おお、いい子、いい子！　じゃこの人は？　これオーリャ伯母さん。伯母さんに言ってごらん――こんにちは、オーリャ！　って。

旅の音楽師（男と娘の二人づれ）が、バイオリンとハープを合奏する。家のなかからヴェルシーニン、オーリガ、アンフィーサが登場して、しばし無言のままで聴き入る。イリーナが歩いてくる。

オーリガ　うちの庭は、まるで抜け道みたいに、人や馬が通るわねえ。ばあや、この楽師さんたちに、何かあげておくれ！……

アンフィーサ（音楽師たちにめぐむ）気をつけて行きなされや、あんたがた。（音楽師たち、お辞儀をして退場）いたわしい人たちだ。腹がくちけりゃ、弾きもすまいに。（イリーナに）ごきげんよろしゅう、アリーシャ（訳注 アリーナの愛称）！（彼女にキスする）ええ、ええ、嬢《じょ》っちゃんや、まだ生きておりますよ！この通り生きて！女学校の官舎に、オーリュシカ（訳注 オーリャの愛称）と一緒にね――老後をいたわっての、神さまの思《おぼ》し召しですよ。ばち当りのわたしは、生れ落ちてこのかた、こんな暮しは初めてですよ。……住居《すまい》は大きくて、おかみのもんだし、わたしにもちゃんと一部屋、寝台つきのがね。それがみんな、官費なんですよ。夜なかに目がさめると――ああ神さま、聖母マリヤさま、このわたしほど果報なものはないと、つくづく思いますよ！

ヴェルシーニン（時計を出して見て）そろそろ、おいとまします、オーリガさん。もう時刻です。(間) どうぞお大事に、お元気で……。どこでしょう、マーシャさんは？
イリーナ　どこか庭のはずよ。……あたし行って、さがしてくるわ。
ヴェルシーニン　お願いします。急いでいますから。
アンフィーサ　わたしも行って、さがしましょうよ。(呼ぶ) マーシェンカア、ホーイ！　(イリーナとつれだって庭の奥へ退場) ホーイ、ホーイ！
ヴェルシーニン　何ごとも終りがあります。われわれもこうして、お別れすることになりました。(時計を見る) 市《し》がわれわれを、朝食会のようなものに招《よ》んでくれて、シャンパンが出たり、市長が演説したりしました。わたしは食べたり聴いたりしながら、心はここへ飛んでいました。あなたがたのところへね……(庭を見まわす) すっかりおなじみになってしまったもので。
オーリガ　またいつか、お目にかかれるかしら？
ヴェルシーニン　まあ、ないでしょう。(間) 家内と娘ふたりは、まだ二月《ふたつき》ほどここに置くつもりです。まんいち何ごとかあったり、お力添えを願うような場合は、どうぞ宜《よろ》しく……
オーリガ　ええ、ええ、もちろんですとも。どうぞご心配なく。(間) 町には、あしたから軍人さんは一人もいなくなって、一切思い出になってしまいますわ。そしてむろん、わたしたちの生活も、がらりと変ってしまうでしょう。……（間）何ごとも、思い通りにならないものですわ。わたし、校長になりたくなかったんですが、でもやっぱり、なってしまいました。モスクワへは、つまり行けないというわけ……

ヴェルシーニン　いや……。いろいろありがとうございました。……もし何か不調法がありましたら、どうぞお赦《ゆる》しください。……どうも大へん、いや実にたくさん、おしゃべりをしましたが――これも悪《あ》しからず、お赦しをねがいます。

オーリガ　（涙をぬぐう）どうしたのかしら、マーシャは。〔来ないで〕……

ヴェルシーニン　お別れにのぞんで、また何かあなたに申しあげますかな？　何か哲学でもならべますかな？……（笑う）人生は苦しい。それはわれわれ多くの者にとって、出口も希望もないものに見えるが、それにしてもやはり、次第次第に明るく楽になって行くことは、認めざるを得ません。そして、人生がすっかり光明に包まれる時も、そう遠いことではないようです。（時計を見る）もう行かなくては、時刻だ！　これまで人類は戦争また戦争で忙しく、遠征だの侵入だの凱旋《がいせん》だので、その全存在をみたしてきましたが、今やそういう時代は終りを告げて、あとにはじつに大きな空洞《くうどう》があいています。それは当分、なんによっても満たすすべはないでしょうが、人類は熱心にさがし求めていますから、むろん見いだすに相違ありません。ただ一刻も早いことが、望まれますがねえ！（間）ね、いいですか、勤勉に教育を加え、教育に勤勉を加えるならばですよ。（時計を見る）だがわたしは、もう行かなくては……

オーリガ　あ、やっと来ました。

マーシャ登場。

ヴェルシーニン　おいとまに来ました。……

オーリガは別れの邪魔にならないように、すこしわきのほうへ離れる。

マーシャ（彼の顔を見つめて）さようなら……（長いキス）

オーリガ　もういいわ、もういいわ……

マーシャ（はげしくむせび泣く）

ヴェルシーニン　手紙をね……忘れないで！　さ、はなして……時間だ。……オーリガさん、この人を頼みます、わたしはもう……行かなくては……遅れてしまった

……（感きわまったていで、オーリガの両手にキスし、それからもう一度マーシャを抱きしめ、足早に退場）

オーリガ　もう沢山、マーシャ！　おやめ、ねえ……

クルイギン登場。

クルイギン　（どぎまぎして）なあに、いいです。泣かせておきなさい、そのまま……。わたしの大事なマーシャ、やさしいマーシャ。……お前はわたしの妻だ、たとえどんなことがあろうと、わたしは仕合せだよ。……わたしは不平は言うまい、ひと言だってお前を責めはしまい……ほら、このオーリャが証人だよ。……また元どおりの生活をはじめよう。わたしはお前に、ひと言だって、遠まわしにだって、何ひとつ……

マーシャ　（嗚咽《おえつ》をこらえて）〝入江のほとり、みどりなす樫《かし》の木ありて、こがねの鎖、その幹にかかりいて……こがねの鎖、その幹にかかりいて……〟わたし気がちがいそうだ。……〝入江のほとり……みどりなす樫の木……〟

オーリガ　落ちついて、マーシャ……。落ちついて。……この人に水をやってちょうだい。

マーシャ　わたし、もう泣かないわ……
クルイギン　マーシャはもう泣いていない……いい子だものなあ……
　はるか遠くで、にぶい銃声が一発きこえる。
マーシャ　〝入江のほとり、みどりなす樫の木ありて、こがねの鎖、その幹にかかりいて……みどりなす猫《ねこ》……みどりなす樫……〟こんぐらかっちまった……（水を飲む）失敗の人生……わたしこうなったらもう、なんにもいらない。……わたし、じきに落ちついてよ。……みんな同じことだ。……なんだろう、入江のほとりって？　なぜこんな言葉が、頭にこびりついてるんだろう？　ごちゃごちゃだわ、あたまの中が。
　イリーナ登場。
オーリガ　気を静めてね、マーシャ。そうら、お利口さんね……部屋へはいりましょう。
マーシャ　（腹だたしく）行くもんですか、あんな所へ。（むせび泣く。が、すぐ泣きやんで）わたし、もうこの家へは来ない、今も行かない……

イリーナ　しばらく一緒に、こうして〔坐《すわ》って〕いましょう、黙っててもいいから。あしたは、あたし発《た》って行くんですもの……（間）

クルイギン　きのう、三年生の教室で、ある腕白小僧から、ほらこの付けひげ（訳注　口ひげと顎ひげの一緒になったもの）をとりあげたんだよ。……（付けひげをつける）ドイツ語の教師に似てるだろう……（笑う）ほんとだろう？　おかしな奴らさ、あの小僧たちは。

マーシャ　ほんとに、学校のドイツ人に似てるわ。

オーリガ　（笑う）そうね。

マーシャ　（泣く）

イリーナ　もういいわ、マーシャ！

クルイギン　そっくりだろう……

　ナターシャ登場。

ナターシャ　（小間使に）なんだって？　ソーフォチカは、プロトポーポフさんが付いていてくださるよ。ボービクは旦那様に、乳母車に乗せてもらえばいいじゃないの。子供たちの世話の焼けること……（イリーナに）ちょいとイリーナ、あんた、あす発つのね――お名残り惜しいわ。せめてもう一週間でも、いたらどう。（クルイギンを見て、きゃっと叫ぶ。こっちは笑って、付けひげをはずす）ひどい人、ひとをびっくりさせて！（イリーナに）わたし、あんたとすっかりお馴染《なじ》みになってしまったから、今さら別れるとなると、平気じゃ済まないのよ、ねえわかる？ あんたの部屋へはアンドレイに、バイオリンを持って移らせることにするわ――あすこでたんとキイキイいわせるがいい！――そしてアンドレイの部屋へは、ソーフォチカを入れるのよ。そりゃもう、びっくりするくらい、知恵の早い子でねえ！ あんな赤ちゃん、見たことないわ！ 今日もね、わたしをこんな可愛《かわい》い眼《め》をして見て、「ママ」って言うのよ！

クルイギン　立派な赤ちゃんだ、たしかにね。

ナターシャ　すると明日は、わたしもう一人になるのね。（ため息をつく）まず手初めに、あの樅《もみ》の並木を伐《き》らせることにするわ。それから、あの楓《かえで》の木もねえ。……日が暮れると、とても厭らしい姿になるもの。……（イリーナに）ねえ、あんた、そのバンド、まるっきりあんたの顔にうつらないわ。……それは悪趣味というものよ。何かも少し薄い色にしたらいいわ。それからわたし、どこにもかしこにも、いろんな花を植えさせるわ、いろんな花を。いい匂《にお》いがするわよ。……（きびしく）なんだってこのベンチの上に、フォークが転がっているんだい？ （家へ上がりこみながら、小間使に）なんだってこのベンチの上に、フォークが転がってるんだと、訊《き》いてるじゃないか？（叫ぶ）おだまり！

クルイギン　そうら、爆発した！

舞台うらで、軍楽隊の奏する行進曲。一同きき入る。

オーリガ　発って行くのね。

チェブトイキン登場。

マーシャ　発って行くのね、あの人たち。ま、いいわ……。道中ご無事でね！（夫に）うちへ帰らなければ……。わたしの帽子と長外套《オーバー》、どこ？

クルイギン　わたしが家の中へ入れておいたよ。……すぐ取ってこよう。

オーリガ　そうね、めいめい家へ帰るのがいいわ。時刻だもの。

チェブトイキン　オーリガさん、ちょっと！

オーリガ　なあに？（間）なんなの？

チェブトイキン　いや、べつに……。さあ、どう言ったらいいものか……（彼女に耳うちする）

オーリガ　（おどろいて）まさか、そんな！
チェブトイキン　いや……そういう次第です……。わたしはへとへとだ。ぐったりして、このうえ口をきくのもいやだ。……（いまいましげに）ええ、どっちみち同じことさ！
マーシャ　何かあったの？
オーリガ　（イリーナを抱いて）今日は怖《おそ》ろしい日だこと。……あんたに、なんと言えばいいのかしら、大事なイリーナ……
イリーナ　なによ？　早く言って、なんなのよ？　後生だから！　（泣く）
チェブトイキン　いま決闘で、男爵《だんしゃく》が殺された。
イリーナ　（しずかに泣く）あたし、わかってた……わかってたわ……
チェブトイキン　（舞台の奥で、ベンチに腰かける）へとへとだ。……（ポケットから新聞を取りだす）たんと泣くがいい……（小声で口ずさむ）タ・ラ・ラ・ブンビヤー……道の置石に腰かけて《シジュー・ナ・トゥンベ・ヤー》……。どうだって、同じことさ！
三人の姉妹、たがいに寄り添って立つ。
マーシャ　まあ、あの楽隊のおと！　あの人たちは発って行く。一人はもうすっかり、永遠に逝《い》ってしまったし、わたしたちだけここに残って、またわたしたちの生活をはじめるのだわ。生きて行かなければ……。生きて行かなければねえ。……

イリーナ （あたまを、オーリガの胸にもたせて）やがて時が来れば、どうしてこんなことがあるのか、なんのためにこんな苦しみがあるのか、みんなわかるのよ。わからないことは、何ひとつなくなるのよ。でもまだ当分は、こうして生きて行かなければ……働かなくちゃ、ただもう働かなくてはねえ！　あした、あたしは一人で発つわ。学校で子供たちを教えて、自分の一生を、もしかしてあたしでも、役に立てるかもしれない人たちのために、捧《ささ》げるわ。今は秋ね。もうじき冬が来て、雪がつもるだろうけど、あたし働くわ、働くわ。……

オーリガ （ふたりの妹を抱きしめる）楽隊の音は、あんなに楽しそうに、力づよく鳴っている。あれを聞いていると、生きて行きたいと思うわ！　まあ、どうだろう！　わやがて時がたつと、わたしたちも永久にこの世にわかれて、忘れられてしまう。わたしたちの顔も、声も、なんにん姉妹《きょうだい》だったかということも、みんな忘れられてしまう。でも、わたしたちの苦しみは、あとに生きる人たちの悦《よろこ》びに変って、幸福と平和が、この地上におとずれるだろう。そして、現在こうして生きている人たちを、なつかしく思いだして、祝福してくれることだろう。ああ、可愛い妹たち、わたしたちの生活は、まだおしまいじゃないわ。生きて行きましょうよ！　楽隊の音は、あんなに楽しそうに、あんなに嬉《うれ》しそうに鳴っている。あれを聞いていると、もう少ししたら、なんのためにわたしたちが生きているのか、なんのために苦しんでいるのか、わかるような気がするわ。……それがわかったら、それがわかったらね！

楽隊はだんだん遠ざかる。クルイギンが浮き浮きとほほえみながら、婦人帽と外套《がいとう》を持ってくる。アンドレイは、ボービクを乗せた乳母車を押してくる。

チェブトイキン　（小声で口ずさむ）タラ……ラ……ブンビヤー……道の置石に腰かけ《シジュー・ナ・トゥンベ・》て……《ヤー》（新聞を読む）おんなじことさ！　おんなじことさ！

オーリガ　それがわかったら、それがわかったらね！

――幕――

解説

池田健太郎

この一冊には、チェーホフのいわゆる四大劇のうち、晩年の二作『三人姉妹』と『桜の園』が収録されている。翻訳は亡《な》くなった神西清さんの名訳である。新潮文庫には、ほかに『かもめ』と『ワーニャ伯父さん』を収めた一冊があって、事実上、この一冊と姉妹本をなしている。それも翻訳は神西さんである。

神西清（1903—1957）さんの翻訳は、その正確さ、その美しさにおいてすでに定評があるが、チェーホフ劇の翻訳の場合には、さらに歴史的な価値さえある。神西さんが最初に訳出したチェーホフ劇は『ワーニャ伯父さん』で、これは昭和二十六年三月、三越劇場における文学座公演のためになされ、その流麗で格調の高い訳文がめでられて文部大臣賞を受賞した。これは翻訳界、わけても外国劇の翻訳を上演する機会の多いわが国の新劇界の事件であった。その受賞記念に河出書房から出た単行本『ワーニャ伯父さん』には、その時の文学座公演を演出した故久保田万太郎氏が序文を寄せていて、そのなかで久保田氏はこう書いている。

「いかほどその訳者が外国文学に精通していて、そして、語学的にそれが忠実なものであっても、それだけでは戯曲の翻訳は成り立たない。戯曲の翻訳を完全になしうるものは、まず、よき戯曲作家、もしくは、すぐれた演出者であらねばならぬ。……神西さん――わたくしは、あなたが、この結論をだすために、身をもってこのことにあたって下すったことにお礼いいたいと思います。戯曲の翻訳は、あなたによって、はっきり一線を画されました。……」

神西さんの翻訳が、その他の多くの外国文学者の翻訳と異なっていたのは、神西さんが自身、詩人であり作家であったという、資質的な相違があるためでもある。出版界の要請で翻訳の仕事が多忙を極め、詩人、作家としては、翻訳者の名声ほどには世に聞える機会に恵まれなかったが、早くは堀辰雄《ほりたつお》、竹山道雄氏らとの、のちには三島由紀夫、大岡昇平、福田恆存《つねあり》氏らの鉢《はち》の木会との交遊が物語るように、神西さんは翻訳の仕事においてさえつねに作家であった。そうして外国作家のうちで神西さんが最も愛し好んだのがチェーホフであり、神西さんの個人訳によるチェーホフ作品集が、中央公論社のもとめで企画されていたが、この企画は神西さんの病気と、それにつづく死のためについに実現の機会をはばまれた。

なお、『ワーニャ伯父さん』のほかの三編の戯曲――『かもめ』、『三人姉妹』、『桜の園』の翻訳は、昭和二十九年、河出書房の世界文学全集のためになされた。これも『ワーニャ伯父さん』に劣らぬ定評ある名訳である。わが国におけるチェーホフ劇の上演は、多くこれらの神西さんの翻訳に負うている。

さて、この一冊に収録した『三人姉妹』であるが、これはアントン・チェーホフ(1860―1904)の四大劇の第三作にあたる戯曲で、年譜によると、一八九九年はじめに着想され、翌一九〇〇年の晩秋に書きあげられている。一八九九年はじめと言うと、名高いモスクワ芸術座による『かもめ』再演が前年の十月なかばであるからその二、三カ月後で、チェーホフは『かもめ』再演の成功にはげまされて、新しく知り合った劇団のために新作を書き下ろす気になったのだろう。それにしては、着想を得てから書きあげるまでの期間が長いが、この一年半あまりの時期は結構、身辺いそがしい月日で、チェーホフは自選作品集の編集に忙殺されたり、約束の小説の執筆に明け暮れたりしている。約束の小説とは名高い『犬を連れた奥さん』と『谷間』である。また結核が進行して、健康状態もよくなかった。ようやく新作戯曲に着手したのは、一九〇〇年の夏で、それからもチェーホフは、今度の戯曲は非常に書きづらい、何かごたまぜの感じで、登場人物がやたらに多いなどとこぼしている。戯曲が書きあがると、芸術座は待ちかねたように稽古《けいこ》にはいり、翌一九〇一年一月末、モスクワで上演した。作者四十一歳のはじめである。

『三人姉妹』については、愉快な逸話がある。これはチェーホフの妻となった女優オリガ・クニッペルの伝える思い出ばなしであるが、チェーホフが上京して来て、はじめて『三人姉妹』の原稿を朗読した時、それを聞いた芸術座の面々が、「これは戯曲じゃなくて梗概《こうがい》だ、これじゃ演技できない、役柄《やくがら》がない、ヒントだけだ」と、口々につぶやいたという。この原稿は、今日われわれの読む戯曲のひとつ前の形の戯曲らしいが、これだけの内容を持つ戯曲を、当時の役者が戯曲として聞くことができなかった、舞台上の所作がただちに役者の頭に浮ばなかったという点が面白《おもしろ》い。よく世間では、チェーホフの劇を静劇と言って、彼の戯曲には事件がない、事件が起るのは舞台の外だなどと指摘するが、『三人姉妹』はそうしたいわゆるチェーホフ的な静劇を一そう徹底した形で書かれていたのである。これに関連してよく語られる話に、作者と演出家とのあいだに起った小さな争いの逸話がある。初演の演出家は、有名なスタニスラフスキイであるが、彼は終幕の幕外で男爵《だんしゃく》トゥーゼンバフがソリョーヌイとの決闘で落命したあと、わざわざ男爵の死体を戸板に乗せて、舞台を横切るように演出した。屍骸《しがい》はつねに強烈な印象を観客に伝えるはずである。ところが、チェーホフはそれを聞いて憤慨した。戯曲にはそんなことは書いてないというのである。一発の銃声、それでその場は表現できると信じたのだ。

『三人姉妹』の作劇術は、確かに『かもめ』や『ワーニャ伯父さん』の場合よりも、ずっと手がこんでいる。一、二その例をあげてみれば、前の二作の場合は、それらは勿論《もちろん》チェーホフ的な静劇ではあったが、やはり『かもめ』においてはニーナの、『ワーニャ伯父さん』においてはワーニャの、すなわち単数主人公の運命が、戯曲を支える大きな要素であった。ところが、『三人姉妹』の場合には、主人公は複数であった。チェーホフは戯曲を書きながら、今四人のインテリ女性の話を書いていると言っているが、この戯曲には、もはや従来の意味での主人公はいないのである。また、この戯曲は、人間の抱《いだ》く夢と現実との衝突をその劇的な葛藤《かっとう》としているが、さらにその内部に、四つのドラマを内包していて、その四つのドラマが互いにからみあって、劇的な緊張を盛りあげてゆくという、多面的な構成を持っている。これはすばらしい作劇術で、『三人姉妹』の緊迫した舞台的な雰囲気《ふんいき》は、ひとつにはこの構成に負うていると思われる。四つのドラマとはそのうち一つが恋、二つが三角関係で、まず第一が末娘イリーナをめぐる男爵とソリョーヌイとの恋のさやあてである。次に二つの三角関係とは、マーシャ＝クルイギン＝ヴェルシーニンのものと、アンドレイ＝ナターシャ＝市議会議長プロトポーポフのものである。このうち、市議会議長は劇中には姿を見せないが、その存在は重要な戯曲の要素である。四つのドラマの最後は、アンドレイの妻ナターシャの変貌《へんぼう》である。これは作者が四人のインテリ女性と呼んだうちのひとりだが、臆病《おくびょう》ないいなずけから次第に専制的な、横暴な主婦に変貌してゆくすさまじい女である。この女の変貌のしぶりが、時計のように各幕の時間的経過を示していることもまた、チェーホフの作劇術の巧《うま》さの一つと言ってよい。

『三人姉妹』の解釈は、今日ではだいたい定まっている。以前には、この戯曲は、三人姉妹の悲しい運命を描く暗い憂鬱《ゆううつ》な物語と考えられていた。これは人間の美しい夢が、俗悪な、日常的な現実のなかで次第にしぼんで枯れてゆく話である。この意味において、戯曲の基調は暗い。だいぶ前に朝日新聞社の招きで現在のモスクワ芸術座が来日して、この戯曲を上演して見せたことがあったが、ソビエト的な新演出によっても、戯曲の基調は暗いのである（ついでに、『三人姉妹』の新演出は、一九四〇年、チェーホフ生誕八十周年を記念して、芸術座の創設者のひとり老ダンチェンコの手でその形が決定された）。ところが、作者自身が戯曲の中に書いていることだが、このような暗い憂鬱な日々はこのままつづくはずはない、「今や時代は移って、われわれ皆の上に、どえらいうねりが迫りつつある」、こういう時代の認識、時代感覚のもとにこの戯曲が書かれたことに注目するならば、――チェーホフは革命の到来をはっきりと予見していたわけではないが、――『三人姉妹』がただ三人姉妹の悲しい運命を描くためにのみ書かれたはずはないのである。このことは、戯曲のそこここに語られる、人類の明るい未来への確信を歌う美しいせりふからも感じられるのであるが、同時にまたこの戯曲の登場人物の多くが、行動も行動の意味も知りかねている、また知ろうともしない世紀末の知識人の弱点を表わす、ある意味では滑稽《こっけい》な人物として描かれていることからも理解されるのである。たとえば、人生を知りつくした老軍医チェブトイキンは、人生を知りつくしたからこそ、人生に無感動になった、もはや幻影的な存在でしかない。クルイギンは小説『箱に入った男』の喜劇的な主人公と同様に、ただ形式のみを人生の拠《よ》り所とする愚劣な学校教師である。アンドレイは大学教授になろうという夢が消えたあとは、市会議員になれたことを自慢して、乳母車を押す寝取られ男になり下がる。そうして、これが最も注目すべきことだが、人類の未来について高遠な哲学を語り散らす砲兵中隊長ヴェルシーニンは、その高遠な人生談義とは似ても似つかぬ、自殺狂の妻に悩みうろたえている弱々しい男である。彼は『桜の園』の〈二十二の不仕合せ〉とあだ名される、滑稽な執事と同じ種類の人物なのだ。

このように考え、また前にふれた、戯曲の内部に含まれた各種のドラマに配慮するならば、『三人姉妹』は単なる暗い悲しい劇ではなくて、悲劇的な基調と、喜劇的な色彩の交錯した一種混合的な人生劇であると言うことができるだろう。モスクワ芸術座の新演出を含めて、今日の『三人姉妹』解釈は、おおよそこんな意味合いにおいてなされているようである。そうしてまた、この悲劇、喜劇のふたつの要素を巧みに取合せたところにも、チェーホフの作劇の見事さが知られるのである。

『桜の園』は、四大劇の最後の戯曲であり、チェーホフの文字どおり最後の作品であるが、この戯曲の世界が同様に悲劇、喜劇の両要素から成り立っていることは、もはや改めて言うまでもあるまい。チェーホフがこの戯曲を喜劇と呼んで、芸術座の人びとを驚かせた話は有名であるが、問題はこの戯曲のなかに仕込まれた二つのテーマ、すなわち過去との訣別《けつべつ》と、未来への出発と、そのいずれを取るかにあると言えるだろう。過去との訣別は人間の生活感情のなかではつねに悲しく、未来への出発はつねに夢に満ちている。そうして過去と未来にはさまれた現在は、晩年のチェーホフの目には粗暴なざらざらした俗悪な姿として映っている。この戯曲のなかでは、過去をあらわす人物がラネーフスカヤ夫人とその兄ガーエフであり、現在は農奴の息子だった商人ロパーヒンによって、未来はラネーフスカヤ夫人の娘アーニャと大学生トロフィーモフによって表現されている。

『桜の園』は、その深刻なテーマを別にすれば、実際にボードビルあるいは笑劇的な手法によって書かれている。つねに氷砂糖をしゃぶって玉突きの仕草でおどけて見せるガーエフ、二十二の不仕合せと呼ばれて、時々刻々〈不仕合せ〉と鉢合せする執事エピホードフ、フランスかぶれの従僕《じゅうぼく》、令嬢気取りの小間使、手品をする家庭教師シャルロッタ、……ある批評家はこの戯曲を〈出来そこないの人間たちの芝居〉と呼んだが、これらの作中人物は確かに笑劇的な人物で、また各幕の各場に喜劇的な所作が繰返されている。彼らをその上に乗せて展開する舞台の底流に、滅びゆく古い生活への哀愁がただよっていなかったならば、この戯曲は作者が呼んだとおり愉快な喜劇の舞台をくりひろげたことだろう。だが、その哀愁はあまりにも暗く深刻であった。桜の園は、古い美しい生活の詩情の象徴なのである。

戯曲『桜の園』には、よく知られているようにチェーホフ自身の書いた二編の小説の世界が、組み込まれている。第一の小説は、一八九八年、すなわちこの戯曲の五年前に書かれた『知人の家で』である。これは先祖代々の美しい領地が抵当にはいって、近く競売になろうというのに、むかしの甘い生活の夢を捨てきれないでいる地主家族の物語で、『桜の園』のラネーフスカヤ夫人とガーエフの世界はこの小説から取られている。第二の小説は、『桜の園』とほとんど相前後して着想された名高い『いいなずけ』である。これは、結婚を間近に控えたナージャが、理想家はだの青年サーシャの言葉から古い、時代おくれな、他人の労働の上に築かれた生活に疑惑を感じ、新しい生活を求めて勉強に出かける物語で、『桜の園』のなかのアーニャとトロフィーモフの世界はこの小説の世界と酷似している。桜の園が競売で人手に渡った時、このふたりは新しい自分たちの庭を作ろうと言って、未来に向って歩みはじめるのだ。戯曲『桜の園』は、こんなふうに自作の二編の小説をつきまぜて書かれているが、『知人の家で』が五年前の小説であり、『いいなずけ』が戯曲と同時に着想された小説であることから、『桜の園』を書いていた時のチェーホフの心境がどこにあったかが、容易に知られるのである。そうして『三人姉妹』の解説の部分でふれたとおり、「今や時代は移って、どえらいうねりが迫り」、古い生活とその詩情が滅びて行くのを、チェーホフの時代感覚が捕えていたことを思うと、彼が滅び行く美しさに詩を、哀愁を感じながら、同時に醒《さ》めきった冷静な目で、いたずらに過去にすがりつく人々の愚かさ、滑稽さをも眺《なが》めていたことが知られるのである。

『桜の園』は、一九〇二年、チェーホフ四十二歳の夏に着想され、翌一九〇三年の秋に書きあげられた。モスクワ芸術座が上演したのは、あくる一九〇四年一月十七日、チェーホフ四十四回目の誕生日であった。この日はまた、チェーホフ筆歴二十五年の祝賀が兼ねられていたが、その頃《ころ》すでに病み衰えていたチェーホフは、晴れがましい劇場の舞台の上に立ちつづけることさえできなかったという。
チェーホフが死んだのは、その五カ月後である。

（一九六七年春、ロシア文学者）

新潮文庫最新刊

小池真理子著
神よ憐れみたまえ
戦後事件史に残る「魔の土曜日」と同日、少女の両親は惨殺された――。一人の女性の数奇な生涯を描ききった、著者畢生の大河小説。

長江俊和著
掲載禁止　撮影現場
善い人は読まないでください。書下ろし「カガヤワタルの恋人」をはじめ、怖いけど止められない全8編。待望の〈禁止シリーズ〉！

小山田浩子著
小　島
絶対に無理はしないでください――。豪雨の被災地にボランティアで赴いた私が目にしたものは。世界各国で翻訳される作家の全14篇。

紺野天龍著
幽世《かくりよ》の薬剤師5
「不老不死」一家の「死」。薬師・空洞淵は「人魚」伝承を調べるが……。現役薬剤師が描く異世界×医療×ファンタジー、第5弾！

賀十つばさ著
雑草姫のレストラン
タンポポのピッツァ、山ウドの天ぷら、よもぎのアイス……八ヶ岳の麓に暮らす姉妹の草花ごはんを召し上がれ。癒しのグルメ小説。

泉鏡花著
東雅夫編
外科室・天守物語
伯爵夫人の手術時に起きた事件を描く「外科室」。姫路城の妖姫と若き武士――「天守物語」。名アンソロジストが選んだ傑作八篇。

Title : ВИШНЁВЫЙ САД
ТРИ СЕСТРЫ
Author : Антон П. Чехов

桜《さくら》の園《その》・三《さん》人《にん》姉《し》妹《まい》

新潮文庫　チ-1-1

昭和四十二年八月三十日 発行
平成二十三年十一月二十五日 七十二刷改版
令和五年十一月二十日 七十九刷

訳者 神《じん》西《ざい》清《きよし》
発行者 佐藤隆信
発行所 株式会社 新潮社
郵便番号 一六二―八七一一
東京都新宿区矢来町七一
電話 編集部(〇三)三二六六―五四四〇
読者係(〇三)三二六六―五一一一
https://www.shinchosha.co.jp

価格はカバーに表示してあります。

乱丁・落丁本は、ご面倒ですが小社読者係宛ご送付ください。送料小社負担にてお取替えいたします。

印刷・錦明印刷株式会社　製本・株式会社植木製本所
Printed in Japan

ISBN978-4-10-206501-3 C0197